美文

北京中轴线文化游典

诵古通今

北京非物质文化遗产保护中心
组织编写

蔡紫昍 著

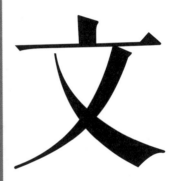

北京出版集团
北京出版社

图书在版编目（CIP）数据

美文：诵古通今 / 北京非物质文化遗产保护中心组织编写；蔡紫旸著. — 北京：北京出版社，2021. 10
（北京中轴线文化游典）
ISBN 978-7-200-16088-8

I. ①美… II. ①北… ②蔡… III. ①散文集—中国
IV. ①I26

中国版本图书馆CIP数据核字（2020）第255387号

北京中轴线文化游典
美文
诵古通今
MEIWEN
北京非物质文化遗产保护中心　组织编写
蔡紫旸　著

＊

北 京 出 版 集 团
北 京 出 版 社 出版
（北京北三环中路6号）
邮政编码：100120
网　　址：ｗｗｗ．ｂｐｈ．ｃｏｍ．ｃｎ
北京伦洋图书出版有限公司发行
北京鑫益晖印刷有限公司印刷

＊

787毫米×1092毫米　16开本　18.5印张　218千字
2021年10月第1版　　2023年7月第2次印刷
ISBN　978-7-200-16088-8
定价：79.80 元
如有印装质量问题，由本社负责调换
质量监督电话：010-58572393

总　序

　　"一城聚一线，一线统一城"，北京中轴线南端点在永定门，北端点在钟楼，位居北京老城正中，全长 7.8 千米。在中轴线上有城楼、御道、河湖、桥梁、宫殿、街市、祭坛、国家博物馆、人民英雄纪念碑、人民大会堂、景山、钟鼓楼等一系列文化遗产。北京中轴线自元代至今，历经 750 余年，彰显了中华民族守正创新、与时俱进的文脉传承，凸显着北京历史文化的整体价值，已经成为中华文明源远流长的伟大见证。

　　北京中轴线是北京城市的脊梁与灵魂，蕴含着中华民族深厚的文化底蕴、哲学思想，也见证了时代变迁，体现了大国首都的文化自信。说脊梁，北京中轴线是中华民族都市规划的杰出典范，是北京城市布局的脊梁骨，对整座城市肌理（街巷、胡同、四合院）起着统领作用，北京老城前后起伏、左右对称的建筑或空间的分配都是以中轴线为依据的；说灵魂，北京中轴线所形成的文化理念始终不变，尚中、居中、中正、中和、中道、凝聚、向心、多元一统的文化精神始终在中轴线上延续。由此，北京中轴线既是历史轴线，又是发展轴线，还是北京建设全国文化中心的魅力所在、资源所在、优势所在。

北京中轴线是活态的，始终与北京城和中华民族的发展息息相关。在历史长河风云变幻中，一些重大历史事件都发生在中轴线上，同时中轴线始终有社会生活的烟火气，留下了京城百姓居住、生活的丰富印迹。这些印迹既有物质文化遗产，又有非物质文化遗产；这些印迹不仅有古都文化特色，还有对红色文化的展现、京味文化的弘扬、创新文化的彰显。中轴线就像一个大舞台，包括皇家宫殿、士大夫文化、市民生活，呈现开放包容、丰富多彩、浓厚的京味，突出有方言、饮食、传说、工艺、科技以及各种文学、艺术等。时至近现代，在中轴线上还有展现中华民族革命斗争的历史建筑和社会主义现代化建设的红色文化传承。今天，古老的中轴线正从历史深处昂扬走向璀璨的未来，在传统文化与现代文明的滋养中焕发出历久弥新的时代风采。

北京中轴线是一张"金名片"，传承保护好以中轴线为代表的历史文化遗产是首都的职责，也是每一个市民的责任。以文塑旅，以旅彰文，"北京中轴线文化游典"是一套以学术为支撑，以普及为目的，以文旅融合为特色，以"游"来解读中轴线文化的精品读物。这套读物共16册，以营城、建筑、红迹、胡同彰显古都风韵，以园林、庙宇、碑刻、古狮雕琢文明印迹，以商街、美食、技艺、戏曲见证薪火相传，以名人、美文、译笔、传说唤起文化拾遗。书中既有对北京城市整体文化的宏观扫描，又有具体而精微的细节展现；既有活跃在我们生活中的文化延续，也有留存于字里行间的珍贵记忆。

　　本套丛书自规划至今已近 3 年，很多专家学者在充分的交流与研讨中贡献了真知灼见，为丛书的编辑出版提供了宝贵建议。在此，我们对所有参与课题调研、交流研讨的专家学者以及众多编者、作者表示感谢。

　　"让城市留住记忆，让人们记住乡愁。"北京中轴线的整体保护与传承，不仅是推进全国文化中心建设的重要举措，更是我们这一代人的历史责任与使命。只有正确认识历史，才能更好地开创未来。要讲好中轴线上的中国故事、传递好中国声音、展示好中国形象，使这条古都的文化之脊活力永延。我们希望"北京中轴线文化游典"的问世，能让历史说话，让文物说话，让专家说话，让群众说话，陪伴您在游走中了解北京中轴线的历史文化内涵，感知中轴线上的文化遗产，体验首都风范、古都风韵、时代风貌，不断增强文化获得感，共筑中国梦。

李建平

2021 年 4 月

目　录

前　言

典籍里的中轴线

南起永定门，经天桥、前门一路向北，过天安门、紫禁城、景山，出地安门，抵钟鼓楼，北京的这条中轴线，穿越明清北京城，从南到北串联起外城正门永定门，内城正门丽正门（正阳门、前门），皇城的承天门（天安门）、端门，宫城的正前午门、正中三大殿和后三宫、正后玄武门（神武门），大内镇山万岁山（景山），皇城后门北安门（地安门）与内城北部的万宁桥、鼓楼、钟楼，把外城、内城和皇城三个闭合的矩形空间从正中贯通起来，并将东西两侧不远处的天地坛（天坛）和先农坛、太庙和社稷坛对称呼应起来。

北京这条中轴线，从明成祖永乐十九年（1421）迁都北京，至今已绵延六百年。六百年来，这条被称为京城"龙脉"的中轴线宛若一条稳健又充满活力的蛟龙，伴随着北京城的变迁，见证着中华民族的兴衰荣辱。她既古老，又洋溢着鲜活的生命力，始终在变化和成长。

举例来说，有人认为永乐建城时，这条"新北京"中轴线就比元大都的南北中轴稍稍东移了几里。正统四年（1439），京城九门进行重修，从此正阳门有了瓮城、箭楼和闸楼。嘉靖九年（1530），在京城四郊分祀天地日月，南郊的天地坛改为天坛。嘉靖三十二年（1553），为应对北方游牧政权的南下侵扰，保护人口繁衍的南郊居民，在原城墙以南营建了永定门一线外城，中轴线从此向南延展约三千米。甲申（1644）之变清军入关，将内城原有居民迁至外城，改变元明两朝的坊巷格局，按八旗分布定居。乾隆十八年（1753），在中轴线"龙头"前的"明珠"——永定门外的燕墩上添立《帝都篇》《皇都篇》御制碑。清末庚子（1900）事变之后，大清门（中华门）前的棋盘街商铺被毁，玉河畔的翰林院也被撤销，改作英国使馆。民国四年（1915），为改善交通，拆除了正阳门瓮城城墙及东西闸楼。民国十四年（1925），末代皇帝溥仪被赶出紫禁城后一年，故宫博物院成立，面向公众开放。1954年，拆除中华门，改建成举世闻名的天安门广场。2008年，在中轴线北延长线上，北京奥运会的田径和游泳主场馆鸟巢和水立方一圆一方，对称在中轴线北延长线的东西两侧，向全世界人民展示了中国博大精深的传统文化……

斗转星移，物换人非。中轴线的历史，沉淀在古书妙文中，等待我们去追溯，去品读。本书就以明清民国古文为线索，游览中轴线上的六阙宫殿、坛庙园林以及街巷商圈等，回顾中轴线的文化遗存、名篇巨笔以至君臣逸事等。空间上，本书选取了中轴线上十八个重要地标点，并按照由南到北的顺序，以地标点为主线，分篇命题，包括燕墩、永定门、天坛、先农坛、前门大街、正阳门、正阳门关公庙、棋盘街广场、天安门、玉河、端门内廊庑、太庙、社稷坛、午门、紫禁城、景山（万岁山）、什刹海和钟鼓楼。这些地标点都是北京中轴线的重要组成部分，既有"庙堂之上"的皇家宫殿、园林，也有"天子脚下"的市井民生，既包括中央政府的办公机构，也包括北京本地的景观名胜，体现了北京中轴线的多元化和包容性。

　　时间上，本书选取的文献跨越了元、明、清、民国等多个时代，也能反映出北京中轴线上发生的诸多重大历史事件。举例来说，《都城览胜诗后》反映了明朝正统年间重修北京城池，《春明梦余录·太庙》《京师新建外城记》反映了嘉靖年间改建坛庙、增建外城，《明

《京师生春诗意图》（局部）

史纪事本末·甲申之变》反映了崇祯末年皇帝殉国、明朝灭亡,《啸亭杂录·癸酉之变》反映了嘉庆年间天理教起事攻入紫禁城,《清帝退位诏书》反映了宣统末年清帝退位、中国进入共和时代,《中央公园建置记》反映了民国初年对北京城的大幅改造, 等等。这些文章大致勾勒出北京中轴线在几百年间经历的增建拆改等种种变迁。

文章作者方面, 本书尽量选取不同身份的作者, 来展现北京中轴线的兼容并包。书中既有明宣宗、清高宗这样的"九五之尊", 也有于奕正、吴长元这样的普通文人, 既有杨士奇、焦竑、毕沅这样的名人学士, 也有昭梿这样的皇族贵胄, 既有孙承泽、完颜麟庆这样的本地乡贤, 也有朱启钤这样为北京的发展变革发挥了重要作用的政府官员。出于不同的身份、立场, 他们看待北京这座城市的视角也各有不同, 剔除糟粕后, 丰富多彩的文化精华便是古人留给我们的宝贵遗产。

在文献的内容、体裁及出处方面, 本书也力图呈现多样化的风貌, 韵文、散文结合, 写景、叙事和议论兼顾。比如《帝京景物略·水关》是写景的名篇,《啸亭杂录·癸酉之变》是叙事的佳作, 我们不仅可以借此了解当时中轴线的风貌, 而且也能欣赏到古人精妙的文笔。品鉴这些文史作品, 也有助于我们对一些有关北京的古籍名著, 如《析津志》《帝京景物略》《春明梦余录》《日下旧闻考》等书有所了解。

古人云:"读万卷书, 行万里路。"读这本书的同时, 希望您也能亲自到北京中轴线上去走一走、看一看, 增加对一路景观的实感, 再给我们这本小书指出缺陷和不足。真诚欢迎读者朋友们批评指正!

蔡紫昀

2020 年 10 月

第一辑

诗赋皇都

钟楼鸽消　张维志绘

皇皇中轴起燕墩

——读乾隆《帝都篇》

龙首明珠号燕墩

有人把北京中轴线比作一条"龙脉"。您看，巍峨的永定门城楼是神采奕奕的龙头，肃穆的钟鼓楼是沉稳健硕的龙尾，金碧辉煌的紫禁城便是熠熠生辉的龙身。在这条金龙的正前方，还有一颗小巧玲珑的明珠，引领整条北京中轴线。这颗明珠，就是永定门以南几百米处，永定门外大街路西的"燕墩"。

今天的燕墩，坐落在一座美丽精巧的街头公园中，在蓝天白云的映衬下，这座石砌的方台愈发显得高大威严，仿佛在无声地诉说着北京的历史。没错，这座石墩上的方碑，镌刻的就是两篇对北京的礼赞，其一名为《帝都篇》，其二名为《皇都篇》。

《帝都篇》和《皇都篇》都出自清朝的乾隆皇帝爱新觉罗·弘历之手，都作于乾隆十八年（1753），题材上都以歌咏北京为主题，体裁上都是七言歌行加序文，无论从哪个角度看，都堪称"姊妹篇"。那么这对孪生姐妹之中，谁是"姐姐"，谁是"妹妹"呢?《皇都篇》序文中说"约形势则若彼，详沿革则若此"，可见《帝都篇》创作在前，而《皇都篇》稍后。乾隆《御制诗二集》《钦定日下旧闻考》等乾隆年间官修的著作，在收录这两篇诗作时，也都是把《帝都篇》排在前，《皇都篇》紧随其后。所以咱们今天也遵从这个顺序，先赏析《帝都篇》。

燕墩旧照

《帝都篇》镌刻在燕墩石碑的北面，全文如下：

乾隆皇帝青年像

帝都者，唐、虞以前，都有地而名不著，夏、商以后，始各有所称，如夏邑、周京之类是也。王畿乃四方之本，居重驭轻，当以形势为要。则伊古以来建都之地，无如今之燕京矣！然在德不在险，则又巩金瓯之要道也。故序大凡于篇。

天下宜帝都者四，其余偏隘无足称。

轩辕以前率荒略，至今涿鹿传遗城。

丰镐颇得据扼势，不均方贡洛乃营。

天中八达非四塞，建康一堑何堪凭？

惟此冀方曰天府，唐虞建极信可征。

右拥太行左沧海，南襟河济北居庸。

会通带内辽海外，云帆可转东吴粳。

幅员本朝大无外，丕基式廓连两京。（自注：北京顺天府，盛京奉天府）

我有嘉宾岁来集，无烦控御联欢情。

金汤百二要在德，兢兢永勖其钦承。

大家都知道，乾隆皇帝作为一位"诗人"，尽管高产，可水平却不佳,《帝都篇》《皇都篇》这两首诗也难称上乘。但是,他这两首歌颂北京的诗篇,为我们从宏观层面了解北京的地理和历史文化,提供了一个很好的窗口。作为品读北京中轴线的第一站,我们以燕墩上的这两首诗开头,先对北京的历史地位做一番探究。

"天下宜帝都者四"

《帝都篇》的主题是论述北京地区的"形势"。这里的"形势"不同于咱们一般说的"客观形势"。《现代汉语词典》里对"形势"一词的解释,包括两个不同的含义:一是"地势(多指从军事角度看)",举例如"形势险要";二是"事物发展的状况",举例如"国际形势""形势好转"。《帝都篇》所讨论的北京"形势",显然是指前者,即从战略地理的角度,论证北京地区的重要性与地势优越性,以及北京作为全国首都的必然性。

在《帝都篇》序文中,乾隆皇帝指出:"王畿",也就是首都周边地区,是"四方之本",全国的核心,因此"居重驭轻",地理形势十分重要。如果横向比较的话,在历代的都城之中,北京在地理条件上都算是出类拔萃的,乾隆皇帝甚至炫耀地说:"伊古以来建都之地,无如今之燕京矣!"

那么中国自古以来,都有哪些著名的都城呢?周朝以前的都城,基本上很难追溯了。不仅"轩辕以前率荒略",轩辕黄帝前后的历史由于记载太少,难以追考,就连尧、舜、禹时期,也往往是"都有地而名不著",只能推知大概的区域,却不知道具体的地名。可能有读者要问了：河南安阳的殷墟，不就是商朝后期的都城遗址吗？为什么乾隆皇帝没提到呢？——嘿嘿，您别忘了，殷墟遗址直到20世纪初，刻有文字的甲骨被发现之后，才在历史学家、考古学家的努力下得以发掘。两百多年前的乾隆爷，哪里能知道呢！所以对他来说，只能从周秦以降的"四大古都"谈起。

中国"四大古都"，首推陕西省的西安地区。因为西周即在丰镐一带建都，著名的"镐京"就在今西安市长安区；秦始皇统一六国后，咸阳成为全国都城，离西安也不远；此后西汉、隋、唐等统一王朝均以长安为都城，也就是今天的西安。所以乾隆皇帝说"丰镐颇得据扼势"，凭借函谷关等处的天然险要，以及关中平原的千里沃野，这一地区易守难攻，西安也就成为中国历史上建都朝代最多、时间最长的地区。

中国历史上第二座著名的古都，就是今天的河南洛阳。西周初年，周武王伐纣灭商之后，就开始考虑在人口更稠密的中原地区营建新的都城，后由周公旦选定洛邑（今河南洛阳市），理由是"此天下之中，四方入贡道里均"，是空间上的中点，便于各藩国从四面八方入贡来朝。所以乾隆皇帝在"丰镐颇得据扼势"之后，紧接着就说"不均方贡洛乃营"，不仅指出了西安地区与洛阳地区各自的优势，而且暗示了一个历史现象：从周朝到唐朝，近两千年间，不少统一王朝都会在西安地区和洛阳地区同时设立东西两京，如周朝的宗周、成周，汉朝和唐朝的长安、洛阳。因此洛阳的都城史，几乎与西安地区同样古老。但无论是西安还是洛阳，唐朝之后都再难成为全国的政治中心，"宜都"早已成为历史。

另一座历史古都，是今天的南京。南京历史上又名建康、金陵，最著名的都城史，便是从汉末三国到隋统一全国之前的三四百年间，相继建都于此的六个割据王朝：东吴、东晋及南朝的宋、齐、梁、陈。南京因此早早获得了"六朝古都"的美誉。但作为统一王朝的首都，南京却只有五十余年的历史，也就是明朝初期从太祖洪武元年（1368）到成祖永乐十八年（1420）。此后名义上的首都在北京、南京之间折腾了好几次，但明朝皇帝始终居住在北京，从未移居南京。到了清朝，出身东北的皇帝们对于南京这座前朝留都，总喜欢在有意无意间语带讥讽，像乾隆皇帝就在《帝都篇》里说："建康一堑何堪凭？"南京只靠长江天堑，军事上很难固守啊！

所以数了半天，还是当下的首都好！怎么个好法儿呢？乾隆爷说了：第一，资源好。"惟此冀方曰天府"，从上古时候就号称"天府之国"了，而且几千年来都是北方重镇、经济中心之一。第二，地形好。"右拥太行左沧海，南襟河济北居庸"，西有山，东有海，南有河，北有关。资源丰富，易守难攻。第三，交通好。"会通带内辽海外，云帆可转东吴粳"，既有京杭大运河的漕运，也可依托天津港从南北各地沿海转运物资，比如江南盛产的稻米。所以《帝都篇》序文里略带夸张地说："伊古以来建都之地，无如今之燕京矣！"在北京这个地方建立都城，绝对是最佳选择！

"南襟河济北居庸"

您要知道，夸北京是建都的上佳之选，可不是乾隆皇帝首创的。

他所列举的北京种种地理优势，前人早已讲过很多遍了！《朱子语类》卷二中记载，南宋著名的思想家、教育家朱熹，就曾向他的弟子们详细分析过"冀州"——也就是北京所在的华北平原北部地区——地势上的优势。他说："前面一条黄河环绕，右畔是华山耸立，为虎。自华来至中，为嵩山，是为前案。遂过去为泰山，耸于左，是为龙。淮南诸山是第二重案。江南诸山及五岭，又为第三、四重案。"

这里要指出一个细节：中国传统的房屋讲究坐北朝南，所以在描述方位时，往往以南为上，因此"左"指东，"右"指西，与现代地图"上北下南、左西右东"恰好是反向的。朱熹所说的什么"龙"啊，"虎"啊，"前案"啊，都源于迷信的"风水"观念，咱们可以忽略；但他指出来一个地理现象，就是华北平原向南延展，是一马平川的辽阔沃土，起伏耸立的丘陵山峰更像是层层的护卫。朱熹是宋代理学的集大成者，也是一位不世出的大教育家，他的这些观点，对元、明、清的读书人都产生了深远影响。

有人可能要问了：朱熹所处的南宋王朝，不是与北方的金朝南北分治吗，他怎么对敌国所属的"冀州"这么感兴趣呢？——这个问题可问着了！两宋三百余年的历史中，尽管实际统治北京地区只有短短三

朱熹像

年，可恰恰因此深刻意识到了北京所处的燕山地区在战略地位上的重要性。他们发现，由于燕云十六州从五代后晋时期便划归辽朝，因此燕云地区的所有重关险隘也都归入辽朝的领地，宋朝北部边境没有山脉作为屏障，面对易攻难守的开阔平原，在防御上必然事倍功半。

北宋时就有一位大臣李清臣写了篇《议戎策》，说："阻固扼束，我皆失之，而划沧、霸……千里平广之地以为界，戎军胡马，驰突去来如股掌之上耳。此天下之所以不胜劳敝，而懔懔常为忧也。"辽朝灭亡之后，金朝从渝关（今山海关附近）入兵攻宋，直抵东京汴梁，直接导致了北宋的灭亡。所以南宋的有识之士痛定思痛，反复

永定门

强调燕山山脉及北京地区的重要地理价值。例如许亢宗在《奉使金国行程录》中就说："幽州之地，沃野千里，北限大山，重峦复嶂，有渝关、居庸、松亭、金坡、古北口。……以天下视燕为北门，失幽蓟则天下常不安；幽燕视五关为襟喉，无五关则幽燕不可守。"他认为燕山地区是保障中原军事安全的关键之匙。

"云帆可转东吴粳"

结合李清臣和朱熹的论述，就不难发现北京地区的地理优势：位于华北平原农耕地区与北方草原游牧地区的交界处。一方面，同中原或江南城市相比，北京地区倚仗天然的山脉和历代积累的人工关隘，更便于挟制北方游牧、狩猎民族，进可攻，退可守，有利于保障和平；另一方面，同内蒙古高原或黄土高原上的城市相比，北京地区通过漕运和陆运，更便于从南方调集华北平原和长江中下游平原的丰厚物资。这就是北京地区在四大古都中"后来居上"，在辽、金以后逐渐成为全国政治中心的一个重要原因。

北京地区的重要战略地位，以及漕运上的便利条件，在历史上几次针对"迁都"的讨论中得到了强化和彰显。例如金朝海陵王完颜亮将首都从上京会宁府（今黑龙江省哈尔滨市阿城区）迁至燕京，原因之一就是大臣们纷纷上书建言，认为"上京僻在一隅，转漕艰而民不便；惟燕京乃天地之中，宜徙都燕以应之"（见《大金国志》卷十三）。正是在"燕京乃天地之中"观念的影响下，新都被命名为"中都"。

据《元史·霸突鲁传》记载，元世祖忽必烈称帝之前，就曾与其手下将领霸突鲁讨论未来定都的问题，霸突鲁说："幽燕之地，龙蟠虎踞，形势雄伟，南控江淮，北连朔漠。且天子必居中以受四方朝觐，大王果欲经营天下，驻跸之所，非燕不可。"忽必烈颇为称许，后来果然从上都开平府（今内蒙古自治区锡林郭勒盟）迁都至中都，改称"大都"。

明朝在成祖朱棣取得"靖难之役"的胜利、面南称帝之后，永乐元年（1403）做的第一件事，就是把原先的藩府"北平"改为陪都"北京"，永乐十九年（1421）又正式将首都从金陵（今南京）移至北京。明朝的官员、学者更是不断强调定都北京的好处，例如郑晓在《吾学编·皇明地理述》卷上谈道："京畿负重山，面平陆，地饶鱼、盐、谷、马、果、蓏之利，又转东南之粟，财货骈集，天险地利，足制诸边，汴、洛、关中、江左皆不及也。"明确指出了北京相较于汴京、洛阳、西安及南京的优势。明末清初的史学家孙承泽（1593—1676）曾在《春明梦余录》中论证说："幽燕自昔称雄，左环沧海，右拥太行，南襟河济，北枕居庸。苏秦所谓'天府百二之国'，杜牧所谓'王不得不可为王'之地。盖真定以北，至于永平，关口不下百十，而居庸、紫荆、山海、喜峰、古北、黄花镇险厄尤著，会通漕运便利，诚万世帝王之都！"

清朝入主中原后，保留了大量明朝的制度，仍以北京为首都。所以乾隆《帝都篇》中的"右拥太行左沧海，南襟河济北居庸"云云，一方面都是老调重弹，毫无新意，另一方面也反映了宋元以降历代公认的事实。下一联"会通带内辽海外，云帆可转东吴粳"，更是化用了诗圣杜甫《后出塞》中的名句"云帆转辽海，粳稻来东吴"，在赞颂北京漕运便利的同时，也反映了这座北方城市对江南粮食供应的倚赖。

"金汤百二要在德"

在对北京的地理优势一通赞颂之后，《帝都篇》忽然笔锋一转，否定了地势的价值。毕竟所谓"诚万世帝王之都"云云，都是文人和官员们的逢迎、夸张之词。乾隆皇帝也知道，北京得天独厚的地理环境，并没有成功阻挡元朝和明朝的灭亡。所以他在序文中强调："在德不在险，则又巩金瓯之要道也。""金瓯"本是一种酒器，这里又用了一个典故，《南史·朱异传》中有"我国家犹若金瓯，无一伤缺"之语，因此后世就用"金瓯"来比喻国土的完整。保卫和巩固国家领土的完整，不应该仅倚仗形势之雄、边塞之险，更应该靠德政。

这种"在德不在险"的观点，也非乾隆皇帝首创，而是清朝前期统治者们的普遍看法。例如康熙皇帝在巡幸古北口时，作《古北口诗》，就有"形胜固难凭，在德不在险"之语。乾隆皇帝自己在《怀柔县诗》中说："山围古郡富耕桑，此地前朝是战场。四海怀柔原在德，由来礼义固金汤。"因为北京以北的防御设施，本是中原政权为了抵御北方少数民族侵扰而设置的；而清朝统治者自己就来自塞外关东，且征服了蒙古，与明朝相比，北方实际统治的疆域大大扩展。因此，燕山地区的长城和关隘也就都成了"摆设"，借天险以防御的需求大幅度降低。

清末民初的燕墩

　　这就是为什么乾隆皇帝要在《帝都篇》里得意地宣称："幅员本
朝大无外，丕基式廓连两京。""无外"语出《公羊传·隐公元年》
"王者无外"，何休注云"王者以天下为家"，就是我们常听说的"普
天之下，莫非王土"的意思；"丕基"指巨大的基业；"式廓"指规模
宏大；"两京"下还有自注："北京顺天府，盛京奉天府"，盛京就是
今天的辽宁省沈阳市，后金天命十年（1625）由清太祖努尔哈赤设
立为政权首都，顺治元年（1644）迁都北京后改作留都。这两句诗
既炫耀了清朝幅员辽阔、基业恢宏，也强调了清朝政权来自关外，
对东北和北部边疆具有较强的掌控力。

　　在乾隆皇帝看来，这种掌控力，来自清朝统治者与边疆少数民

族的和平交往。"我有嘉宾岁来集，无烦控御联欢情"，这些蒙古王公都是我的贵宾、好朋友，我们年年聚会，定期联谊，感情深厚，哪还用得着借助地势来防御呢？乾隆的这种说法，虽然有些片面，但对于推动各民族之间的和平交流、团结发展，还是有帮助的。

《帝都篇》全诗最后，乾隆皇帝总结道："金汤百二要在德，兢兢永勖其钦承。""金汤"是"金城汤池"的简称，语出《汉书·蒯通传》，用以形容坚不可破的城池。"百二"语出《史记·高祖本纪》，用以形容秦国关中之地的险固。"兢兢"是指小心谨慎的样子，"勖"是勉励的意思，"钦承"意为恭敬地继承。作为封建王朝的统治者，乾隆皇帝能够认识到江山的巩固核心是德政，并且自勉要恭敬谨慎地继承统治，这样的态度还是值得肯定的。

燕墩上的这首《帝都篇》，以散文和韵文相结合的方式，指出北京何以被历史选择为"帝都"，又如何发挥"首善之区"的职能，为大一统做出贡献。这首北京的颂歌与它的姊妹篇《皇都篇》，至今闪耀在中轴线的南端。

人杰地灵颂北京
——读乾隆《皇都篇》

乾隆《皇都》述沿革

上一篇提到，永定门外的燕墩上，刻有清朝乾隆皇帝的一对七言诗"姊妹篇"，刻在石碑北面的是"姐姐"《帝都篇》，刻在南面的则是"妹妹"《皇都篇》。《皇都篇》同样是七言歌行加序文，其全文如下：

皇都者，据今都会而为言，约形势则若彼，详沿革则若此。盖不如研《京》十年，练《都》一纪，鸿篇巨作，纂组雕龙。若夫文皇传十首之吟，宾王构一篇之藻，节之中和，固所景仰，归于睽遇，亦用兴怀。俊逸清新，古人蔑以加矣；还淳返朴，斯篇三致意焉。

惟彼陶唐此冀方，上应帝车曰开阳。

轩辕台榭虽莫详，《职方》有幽无徐梁。

清末永定门外护城河桥

要之幅员长且广，山河襟带具大纲。

列国据此士马强，可以雄视诸南邦。

辽金以来始称京，阅今千年峨天闾，地灵信比长安长。

玉帛奔走来梯航，储胥红朽余太仓。

天衢十二九轨容，八旗居处按界疆。

朱楼甲第多侯王，槐市陆海无不藏。

富乎盛矣日中央，是予所惧心彷徨。

这首《皇都篇》与前面那首《帝都篇》确实"长得"很像，主题和形式很接近，那么这"姐妹俩"有什么区别吗？当然有。您看这篇序文开头便明确指出了这两首在具体内容上的"分工"："皇都者，据今都会而为言，约形势则若彼，详沿革则若此。"换言之，《帝都篇》主要是夸耀北京作为全国政治中心，优越的地理"形势"；《皇都篇》的核心，则是赞颂北京作为一座"都会"城市，悠久的历史传统，即所谓"详沿革"。

什么是"沿革"呢？"沿"就是沿袭，"革"就是变革，这里的"详沿革"，就是详细地记述北京这个地区历史变迁的过程。宋朝以降的地方志中，往往设有"沿革"或"历代沿革"，专述该地历史变迁。明代万历年间编纂的《顺天府志》，卷一《沿革》即云："夫封坼不殊，名号代变，君子于此观废兴、稽本始焉。"在悠悠历史长河中，某一个地区在不同时代被赋予不同的名称，而同一个地名在不同时代所指的辖域也不尽相同。为了更好地了解历史、总结前人经验教训，这些变迁很值得后人去追溯。

冀州、幽州上古名

乾隆皇帝把北京地区的历史上溯到了帝尧的时代。关于此前的历史，他在《帝都篇》《皇都篇》里反复强调"轩辕以前率荒略""轩辕台榭虽莫详"，对这些遥远缥缈的上古记载，采取了"阙疑"的态度。大家知道，轩辕是黄帝的名字。黄帝被视为中华民族的始祖，而传说故事中他造指南车、大败蚩尤的地方，就是离北京不远的涿鹿（今属河北省张家口市）。不少史书追溯北京及周边地区的历史，往往从此溯源，例如清初著名学者朱彝尊（1629—1709）的《日下旧闻》，便在《世纪》类中汇集了大量黄帝大战蚩尤的史料。但乾隆皇帝却只是在《帝都篇》中轻描淡写地提到"至今涿鹿传遗城"，在专门讲述北京历史沿革的《皇都篇》中，开篇就说"惟彼陶唐此冀方"，特意从尧的时代谈起，意思是早在当年帝尧的时代，这里就被称为"冀"了，"陶唐"就是尧的号。

乾隆的这种说法，代表了中国古代非常主流的观点，他们的依据是《尚书·禹贡》所描述的"九州"：冀州、兖州、青州、徐州、扬州、荆州、豫州、梁州、雍州。《禹贡》开篇即云："禹别九州，随山浚川，任土作贡。禹敷土，随山刊木，奠高山大川。"因此古人普遍认为《禹贡》是大禹治水后所作，反映的是帝尧时期的地理状况。当时的冀州面积很大，包括今北京市、天津市、河北省、山西省、河南省北部，以及辽宁省与内蒙古自治区的部分地区，尧、舜都出自冀州。南宋著名的思想家、教育家朱熹就曾将之称作"冀都"，《朱子语类》卷二中记载，他曾说"冀都是正天地中间"，是"尧、舜所都"。在《帝都篇》里，乾隆皇帝也提到"唐虞建极信可

燕墩上的乾隆御制碑

征"，继承了这种观点，认为唐尧、虞舜在冀州"建极"立都这种说法是可信的。

后来，"舜以冀州之北广大，分置并州；燕、齐辽远，分燕置幽州，分齐为营州"，从冀州中拆分出并州、幽州、营州，形成十二州，北京地区则归入幽州，不再属于冀州的辖域。之后夏、商、周，各州辖域又各有分合。比如《周礼》中有一个官职叫"职方氏"，专门"掌天下之图，以掌天下之地"。这时的九州，分别是扬州、荆州、豫州、青州、兖州、雍州、幽州、冀州、并州，与《禹贡》九州相比，多出了幽州、并州，将徐州并入青州，梁州并入雍州。这就是《皇都篇》所说的"《职方》有幽无徐梁"。"幽州"这个名称也被此后汉、唐等王朝继承，泛指北京所在的地区，成为北京的代名词之一。

千秋重镇作京师

为什么乾隆皇帝要将北京的历史追溯到《禹贡》的时代呢？一方面，是为了凸显北京历史悠久而且十分重要；另一方面，也是强调北京地区自古就属于华夏民族的聚居地。因为《禹贡》"九州"对中国古人的民族认同及疆域认知影响极大，而北京所在的"冀州"不仅见于《禹贡》，而且位列《禹贡》"九州"之首，在古人看来，这就证明了北京地区自古以来就是中国的领土。毕竟，由于北京地处北方游牧民族与中原农耕民族的交界地带，历史上曾多次被少数民族政权攻打甚至占领。例如东晋十六国时，由鲜卑族贵族慕容傀（308 或 319—360）创立的前燕政权（352—370）就曾短暂地迁都到北京（当时称为"蓟"）。清朝的统治者也是来自东北的少数民族，同时又将自己视为中华各民族之共主，因此格外在意首都北京的"华夏"属性。

得益于得天独厚的地理位置与自然条件，北京地区不仅土地富饶，物产丰富，人才辈出，而且与北方的少数民族交往密切，和平年间往来频繁，通商贸易，互通有无，成为北方重要的经济重镇。《战国策》记载，战国时著名的纵横家苏秦就曾将燕国称为"天府"，意为天然的宝藏库，以形容这一地区物产富饶且便于取用。在《皇都篇》中，乾隆皇帝用"要之幅员长且广，山河襟带具大纲"这两句，一方面赞颂了北京辖域的辽阔与富饶，另一方面也呼应了《帝都篇》中对北京地势的描述，指出周边地势险要，山脉、河流像衣襟和腰带一样环绕周围，具有天然的战略优势。

凭借这样的经济实力和军事优势，"列国据此士马强，可以雄视诸南邦"，一旦北京地区出现割据势力，往往会对南面的中央王朝或中原政权构成严重的威胁。举例来说，唐朝在鼎盛时期爆发安史之乱（755—763），安禄山就是从幽州的范阳（今北京）起兵，接连攻克了洛阳和长安，并自立国号为"大燕"。明朝初期的"靖难之役"（1399—1402），燕王朱棣也是从北平（今北京）起兵，攻入南京，从侄子建文帝手中夺取了政权。因此，唐宋以后，北京地区的战略地位逐渐得到重视。

随着战略重要性的提升，北京的政治地位也不断上升。辽朝将这里设为陪都，称作"南京"，金朝则将首都迁移至此，称作"中

鸟瞰民国时期的中轴线

都"，这就是乾隆皇帝所说的"辽金以来始称京"。然而辽朝、金朝都是与宋朝南北对峙的割据政权，金中都也只是割据王朝的首都。元朝统一全国，仍将首都移设于此，称作"大都"，这才是北京成为大一统王朝首都之始。今天的北京城及中轴线，也是在元大都的基础上发展起来的。

从辽太宗会同元年（938）将幽州设为陪都南京，到《皇都篇》诞生的清乾隆十八年（1753），只有八百多年的时间，并未到"千载"，更比不过西安地区两千来年的建都历史，但乾隆皇帝还是夸张地说"阅今千年峨天阊，地灵信比长安长"，北京作为首都至今已有千年，而且以后还会继续下去，甚至要超越汉唐首都长安（今西安）的建都史。"天阙"就是天上的门，这里指代皇宫以及皇宫所在的首都；"地灵"本意是山川灵秀之气，这里则是指作为政权首都的地势和气运。虽然这两句话只是乾隆皇帝的美好心愿，但两百多年后的我们，仍然由衷地希望我们的国家以及首都北京，能够越来越繁荣。

自古诗赋誉皇都

追溯了北京地区的历史之后，乾隆皇帝开始盛赞北京当时的繁荣景象，例如交通的便利与物资的丰富："玉帛奔走来梯航，储胥红

清末民初的运货驼队

朽余太仓。""玉帛"指玉器和丝织品，泛指贵重的物品；"梯航"就是登山的梯子和渡水的航船，引申指各类水陆交通；"储胥"指储备待用的东西；"红朽"指因陈腐而发红的粮食；"太仓"就是指政府储存粮食的仓库，像东四地区的南新仓，就是明清两代专门储藏俸米的皇家官仓之一。这两句连起来，形容各地的日用物资以及珍宝特产，从水路和陆路源源不断地涌入北京，仓库里长年储存着大量的备用粮食。

物资的丰富，带来了城市的繁荣。"天衢十二九轨容，八旗居处按界疆。朱楼甲第多侯王，槐市陆海无不藏。"除了谈到宽敞的道路、华丽的房屋，以及百货云集的市场，乾隆皇帝还特意提到了"八旗"的居住位置。清朝进驻北京后，将内城的居民迁至外城，而将内城的房屋分配给八旗兵丁及其家属居住。元明两代的北京城，都是以"坊"作为基层单位，而清朝则打破了坊巷制度，以八旗作为基层行政单位，划分区域。根据五行观念，正黄旗、镶黄旗定居在皇城以北，以土克水；正白旗、镶白旗定居在皇城以东，以金克木；正红旗、镶红旗定居在西，以火克金；正蓝旗、镶蓝旗定居在南，以水克火。这就是"八旗居处按界疆"。这个"按"字，到了《日下旧闻考》中改成了"安"，半字之差，似乎更显盛世气象。

《皇都篇》的末尾，乾隆皇帝话锋一转，说"富乎盛矣日中央，是予所惧心彷徨"。尽管北京这座城市如此繁荣昌盛，如日中天，身为皇帝内心却感到恐惧彷徨。为什么呢？因为中国儒家经典及历代史书反复提醒统治者，要居安思危，即使社会发展、物质丰富了，也不能骄奢淫逸、腐败浪费，要时刻警惕，谨慎施政。

　　话说回来，这倒未必是乾隆皇帝心中真那么忧国忧民，而是他继承了中国自古以来"京都文学"的写作传统。从两汉时起，中国文人学者便经常以诗赋等各种文体描绘京城的繁华，《皇都篇》序文中的"研《京》十年，练《都》一纪"，就是套用了《文心雕龙·神思》中"张衡研《京》以十年，左思练《都》以一纪"的文句，谈

景山及故宫旧影

到了两篇著名的京都赋：东汉张衡的《二京赋》和西晋左思的《三都赋》。这些大赋都是"鸿篇巨作"，乾隆皇帝这两首诗肯定难以相比，但汉代都城赋所宣扬的"以德治国"理念，却被《帝都篇》和《皇都篇》继承下来。

到了唐代，唐太宗李世民写过一组题为《帝都篇》的五言古诗，

一共十首,"初唐四杰"之一的大才子骆宾王写过一首杂言体诗,题目也叫《帝都篇》。在乾隆皇帝看来,这两部作品既描述了唐都长安的盛景,又能充分结合自身经历进行抒情议论,值得"景仰"和借鉴。尤其是唐太宗的《帝都篇》,序文中指出"释实求华,以人从欲,乱于大道,君子耻之",在描述了长安宫廷的奢华生活后,最后一首谈到"人道恶高危,虚心戒盈荡……纳善察忠谏,明科慎刑赏",提醒自己不要沉迷于享乐,在选贤任能、赏功罚过等各方面都要认真谨慎地从事。乾隆皇帝在《帝都篇》结尾说"兢兢永勖其钦承",《皇都篇》结尾说"是予所惧心彷徨",显然也都是由此而来。

燕墩上的这两篇"御制"作品,也提醒着我们:北京不仅是一座历史名城和繁华都市,更是全国政令所出的政治中心,是我们伟大国家的首善之区,是中华古老文明与现代文明的代表。北京中轴线,是北京的,也是中国的,更是世界的宝贵遗产!

嘉靖筑郭永定门
——读张四维《京师新建外城记》

嘉靖外城永定门

沿着永定门外大街，从燕墩往北走，穿过二环路上的永定门立交桥，就能看到一座巍峨的城楼屹立在护城河的北岸，城楼上高悬三个大字——永定门。这座永定门城楼，就是北京中轴线的起点。按清朝时的观点，进了永定门，也就进了北京城了。

老北京有句俗语："内九外七皇城四。"说的是北京的城门：内城有城门九座、外城七座、皇城四座。但细究起来，北京的外城跟内城、皇城却并不是一块儿修建的，而是在明成祖迁都北京一百多年之后，才由嘉靖皇帝修起来的。而且这个外城还是个"烂尾工程"，没修完便匆匆收场，只留下了内城以南的外城七座门。外城的七座城门中，只有永定门位于中轴线上。因此走到这儿，就有必要讲讲北京营建外城的这段历史，读一读明朝大臣张四维的《京师新建外城记》（节选）：

　　皇上临御之三十二年，廷臣有请筑京师外城者，参之佥论，靡有异同。天子乃命重臣相视原隰，量度广袤，计工定赋，较程刻日。于是京兆授徒，司徒计赋，司马献旅，司空鸠役，总以勋臣，察以台谏，与夫百官庶职，罔不祗严。乃遂画地分工，授规作则，制缘旧址，土取沃壤。寮蕃输锾以赞工，庶民子来而趋事。曾未阅岁，

今日永定门

而大工告成。崇庳有度，瘠厚有级，缭以深隍，覆以砖埴，门墉蠹立，楼橹相望，巍乎焕矣，帝居之壮也！夫《易》垂"设险守国"之文，《诗》有"未雨桑土"之训。帝王城郭之制，岂以劳民？所以固围宅师，尊宸极而消奸伺者也。国家自文皇帝奠鼎燕畿，南面海内，文经武纬，细大毕张，而外城未建者，非忘也。……呜呼！此

固圣人因时之政，不得不然者耳。要我皇上之心固将率土为城，寰海为池，怙冒八荒而无此疆彼界者，岂一外城之建能为限量者哉！

张四维（1526—1585），字子维，号凤磐，山西平阳府蒲州（今山西永济）人，明嘉靖三十二年（1553）进士，历任翰林院学士、吏部左侍郎等职，明万历十年（1582）张居正逝世后继任内阁首辅，是明朝一位响当当的人物。写这篇《京师新建外城记》的嘉靖三十二年，张四维刚刚高中进士，正在意气风发之时，恰逢营

民国初年的永定门箭楼

建北京外城的工程完工，这位新晋翰林便洋洋洒洒地将此事歌颂一番，进献给嘉靖皇帝。

勘察多年定方案

在张四维的笔下，筑建京师外城似乎是一件众望所归的事，上自天子，下到庶民，无不乐于从事，朝野上下，万众一心，营建工程迅速竣工，而且巍峨坚固，质量上乘。然而，实际情况果真如他

永定门旧影

所说的这么顺利吗？

张四维说，嘉靖三十二年（1553）"廷臣有请筑京师外城者，参之佥论，靡有异同"，当有大臣提出筑建北京外城城池时，咨询了众人的意见，没有反对的。然而事实上，营建外城这件事，并不是在这一年才第一次被提出来，但每次提出，都出现了反对的声音，导致这项工程一拖再拖。

举例来说，早在嘉靖二十一年（1542）的时候，掌都察院事的毛伯温就曾上言，论述"宜筑外城"的种种必要性。嘉靖皇帝立即表示同意，并要求户部、工部联合拿出具体的实施方案，"即择日兴工"。后来在给事中刘养直的建议下，嘉靖皇帝决定等自己的寝宫永陵修完后，再修筑北京的外城。

嘉靖二十九年（1550），兵部侍郎王邦瑞请求同时修筑外城和疏浚护城河，但嘉靖皇帝只批准了治理护城河以及修水闸的事宜，而听从锦衣卫都督陆炳的意见，再次搁置了修筑外城的计划。

到了嘉靖三十二年，又有朝臣提出了修筑外城的建议，而且这一次是有备而来，兵部尚书聂豹会同锦衣卫陆炳、总督戎政平江伯陈圭、戎政侍郎许论以及钦天监正杨纬等人，一起到城外四面逐一勘察地势，考虑到了各方面因素，并"已将城垣制度、夫役钱粮、兴工日期等项，计处停当"，做出了详细的方案。这就是《京师新建外城记》中所说的"天子乃命重臣相视原隰，量度广袤，计工定赋，较程刻日"，几个部门的重臣联合出马，对地形的高低、城墙的位置，以及人力、物力、财力如何调配，计划多长时间完工，都做了精细的规划。在这样的背景下，工程才终于正式启动。

工程利弊多争议

在开工之前，修筑北京外城这个议题便充满了争议，支持者和反对者的理由都很充分。支持者强调外城防御的重要性。毕竟北京地处农耕地区与游牧地区的交界地带，如果北方的少数民族有意南下，只要越过长城便可直抵北京。明正统十四年（1449）瓦剌的首领也先便在土木堡俘虏明英宗后，顺势兵临北京城下，在德胜门和西直门外大摆战场，直接对明朝统治构成威胁。嘉靖皇帝自己也在嘉靖二十九年（1550）经历了"庚戌之变"，当时俺答汗进军北京，已经攻打到了德胜门、安定门北，朝野震惊，不得不同意互市贸易。

有了这两次前车之鉴，朝野上下越来越重视北京城的防御安全问题，多一道城墙，就多一分保障，不仅保障紫禁城里的皇帝，也能保障老百姓的生命和财产安全。毛伯温就说："古有城必有郭，城以卫君，郭以卫民。""郭"的本意就是外城。之前永乐皇帝营建北京时，只有"城"而没有"郭"，是因为经历了元末战乱后，人口稀少，"当时内城足居，所以外城未立"。但到了嘉靖年间，经济越来越发达，人丁繁衍，给事中朱伯辰曾说："城外居民繁伙，无虑数十万户，又四方万国商旅货贿所集，不宜无以围之。"尤其是城南一带，"南关居民稠密，财货所聚"（陆炳语），商业繁荣，人口稠密，更需要城墙来抵御外来侵扰，保护居民与商贩的安全。因此毛伯温指出："今城外之民，殆倍城中，思患预防，岂容或缓。"力主修筑外城。

虽然支持修城的理由很充分，但反对者也提出了很现实的顾虑：这么大的工程，会不会劳民伤财，给百姓造成额外的负担？在进入

旧时百姓出入永定门瓮城

工业化时代以前，产能不足是农业社会面临的重要问题，因此中国古代统治者往往对大兴土木颇为慎重。对于营建北京外城这样一个规模浩大的工程，陆炳就曾委婉地说："工役重大，一时未易卒办。"刘养直更是直言："且庙工方兴，材木未备，畿辅民困于荒敛，府库财竭于输边。若并力筑城，恐官民俱匮。"意思是，皇上您刚劳师动众地给自己修建陵寝，大动干戈地运输木料，老百姓和官府都已经穷得底儿掉啦！这时候哪还有钱修城墙呢？

　　两边都有道理，最终令嘉靖皇帝下定决心的，是他当时最信任的权臣严嵩。严嵩说："今外城之筑，众心所同，果成，亦一劳永逸之计。"既然越来越多的人加入到支持者的行列中来，那么就别犹豫了，下定决心开工吧！《京师新建外城记》中谈道："夫《易》垂'设险守国'之文，《诗》有'未雨桑土'之训。帝王城郭之制，岂以劳民？所以固围宅师，尊宸极而消奸伺者也。""设险守国"是指《周易》坎卦象辞中的"王公设险，以守其国"；"未雨桑土"取自《诗经·鸱鸮》中的"迨天之未阴雨，彻彼桑土，绸缪牖户"，意为趁没下雨的时候抓紧抽取桑根、缠绕门窗，与成语"未雨绸缪"是一个意思。张四维特意用儒家经文来彰显这项浩大工程的合理性，这次"劳民"如果真能够"一劳永逸"巩固和平，就是值得的。

四面城墙仅成一

　　张四维《京师新建外城记》中，还有一句避重就轻之语："曾未阅岁，而大工告成。"这句话只说对了一半。诚然，营建北京外城的工程从动工到完工，只花了七个多月的时间。据《明世宗实录》记载，嘉靖三十二年（1553）闰三月十九日"建京师外城兴工"，为了体现这项工程的重要性和严肃性，嘉靖皇帝还特地派遣成国公朱希忠祭告太庙，祈祷顺利。同年十月二十八日，"新筑京师外城成"，嘉靖皇帝亲自为几座外城新门命名："命正阳外门名永定，崇文外门名左安，宣武外门名右安，大通桥门名广渠，彰义街门名广宁。"从闰三月到十月，确实"曾未阅岁"，还没到一整年。然而十月告成的"大工"，跟闰三月时规划的工程比，虽然名义上都叫"京师外城"，可实际上却大大缩水了。

按嘉靖三十二年（1553）闰三月十日兵部尚书聂豹等人上书的规划，外城应该是在内城外环绕一圈，把原有的内城包裹起来。按嘉靖皇帝的说法，"今须四面围之，乃为全美，不四面，未为王制也"。经过实地勘察，具体的修墙路线是："自正阳门外东道口起，经天坛南墙外，及李兴王金箔等园地，至荫水庵墙止，约计九里；转北，经神水厂、獐鹿房、小窑口等处，斜接土城旧广禧门（光熙门）基趾，约计一十八里；自广禧门起，转北而西，至土城小西门旧基，约计一十九里；自小西门起，经三虎桥村东、马家庙等处，接土城旧基，包过彰义门，至西南直对新堡北墙止，约计一十五里；自西南旧土城转东，由新堡及墨窑厂，经神祇坛南墙外，至正阳门外西马道口止，约计九里。"原有的内城周长四十五里，规划的外城周长则有七十余里，共设十一座城门，除了内城九门外各对应一门，还要在"旧彰义门、大道（通）桥各开门一座"（也就是今天的广安门和广渠门那个地方）。其中北侧部分打算利用元大都的土城墙遗址，西南一带则可利用金中都的遗址，"有旧址堪因者，约二十二里"，占到了总工程的约百分之三十，这样就可以减少施工量，事半功倍。

开工之后，现场也确实如《京师新建外城记》所描述的那样浩大而热闹。当时南面城墙约二十里同时施工挖土，预计"每城一丈，计该三百余工"；京营戎政、户部、兵部、工部等多个部门一齐上阵，共凑砖瓦、石料采购费及工匠工钱、伙食费等经费约六十万两白银；都察院、工科等负责"纠察奸弊"，大臣实地督工勘察。这

20 世纪 20 年代的永定门城楼

就是张四维说的"于是京兆授徒，司徒计赋，司马献旅，司空鸠役，总以勋臣，察以台谏，与夫百官庶职，罔不祗严。乃遂画地分工，授规作则，制缘旧址，土取沃壤"。好不热闹！

然而，开工后不到一个月，朝野上下就已经认识到了施工的难度。严嵩亲自到工地视察，并与督工官员座谈，发现第一步打地基就困难重重："难在筑基，必深取实地，有深至五六尺、七八尺者。……盖地有高低，培垫有浅深，取土有近远，故工有难易。"当时只有南面开始施工，取土就已如此费劲，"西面地势低下，土脉流沙"（陈圭语），操作难度岂不更大？所以大家一合计，纷纷打起了退堂鼓：干脆只把南面的城墙建完，其余三面"容后再议"吧，也暂时别考虑什么"四面王制"了！原本约二十里长的南墙工程也可以收缩，只修十二三里就向北折转，与内城相连，也就形成了后来外城只有南面一圈的格局。工程量大大缩水，只剩下四分之一，果然也实现了超预期完工。按张四维的说法，"崇庳有度，瘠厚有级，缭以深隍，覆以砖埴，门墉蟲立，楼橹相望，巍乎焕矣"，十分壮丽。

在《京师新建外城记》中，张四维吹捧道："要我皇上之心固将率土为城，寰海为池，怙冒八荒而无此疆彼界者，岂一外城之建能为限量者哉！"最好的防御不是天子脚下的城郭，劳师动众地大兴土木，而是社会的和谐稳定。北京城也只留下了一个独特的"郭"，一座只有南面一侧、未将内城四面包裹的外城。今天南二环边的永定门城楼，倾诉着历史，也印证着古往今来因时制宜的重要价值。

祭天祈谷采灵药

——读完颜麟庆《天坛采药》

半亩园内《鸿雪因缘图记》

出了永定门公园的北门，十字路口往东瞧，能看到一座红墙三拱门，这就是天坛的西门。天坛与中轴线以西的先农坛对称分布，体现了北京中轴线对于东西两侧建筑的对称性影响。天坛早在1998年便入选了联合国的《世界遗产名录》，是世界文化遗产、全国重点文物保护单位，也是海内外游客来北京的必到景点之一。今天我们来读《鸿雪因缘图记》里的《天坛采药》，通过这篇清中期的笔记散文，来领略天坛的建筑与历史文化。

《鸿雪因缘图记》的作者是清朝中期的学者完颜麟庆（1791—1846）。他字伯余，别字振祥，号见亭，是满洲镶黄旗人，金朝皇室完颜氏的后裔，祖上曾于清朝初年立下赫赫战功，因此被称为"金源世胄，铁券家声"。麟庆生于乾隆末期，嘉庆十四年（1809）中进士，此后历任内阁中书、安徽徽州知府、河南按察使、贵州布政使、湖北巡抚、江南河道总督，兼署两江总督等职，于道光二十六年（1846）卒于他在北京的宅邸——著名的半亩园。他把自己多年来在大江南北辗转为官的经历编成一部书，并请著名画师配图作画，命名为《鸿雪因缘图记》。"图记"就是配图加记录，那么"鸿雪因缘"是什么意思呢？这就要说起北宋大文豪苏轼写给他弟弟苏辙的

《鸿雪因缘图记·天坛采药》图

一首诗《和子由渑池怀旧》，其中前两联非常有名："人生到处知何似，应似飞鸿踏雪泥；泥上偶然留指爪，鸿飞那复计东西。"意思是说，当年咱俩一块儿到过渑池，如今物是人非，咱们的人生就好像大雁一样，所到之处，就像在雪上偶然落下的那么一点点爪印而已，痕迹很快就消失了啊！麟庆借用苏东坡这一名句，将自己的经历也比作"飞鸿踏雪"，把这些因缘际会的遭遇图文并茂地记录下来，就是《鸿雪因缘图记》。

《鸿雪因缘图记》共三集，每集八十幅图、八十个故事，按时间顺序记载了麟庆平生经历的重要事件。这部书真实可信，饱含着作者对家乡北京的感情，文字清新流畅，简练自然，值得一读。《天坛采药》这一篇，出自《鸿雪因缘图记》的第三集，涉及麟庆青年陪祭和晚年采药两件往事。限于篇幅，这里只节选《天坛采药》中的部分精彩段落：

天坛在正阳门外之左，缭以长垣，周九里十三步。圜丘在坛中，形圆象天，南向，三成。上成石面九重，自一九环甃，递加至三成，得二百四十有三，合一三五七九阳数。每成四出陛，皆九级。上成石阑七十有二，二成百有八，三成百八十，合三百六十周天之度，柱如之。内墙形亦圆，门四，皆六柱三门。柱及楣阑均用玉石，扉用朱棍。墙外西地燔柴炉一，甃以绿琉璃。瘗坎一，东南燎炉五，西南灯杆三。外墙形方，门制与内墙同。

……（皇穹宇）北门外为祈年殿，殿在坛上，制俱圆。坛南向，三成，面甃金砖，围以石阑。陛各九级，三成十级。殿柱内外各十

民国时期的祈年殿

有二，中龙井柱四。檐三重，上安金顶，瓦均玄色琉璃。前为祈年门，崇基石阑，前后三出陛……

坛内树木森蔚，药草苾芬，所产益母最良。肃禁时，高宗特准神乐观官生开药肆十六，以利施济。年例秋后入坛采刈。癸卯届期，贺焕文因龚、刘二生招余同行，二生司乐舞，俗称金童。恭纪以诗曰：

肃穆圜丘下，翻因采药来。绿阴浓苑树，玄瓦丽坛台。宝地寻芝术，金童辟草莱。先皇隆胙蠁，曾许侍班陪。

余官翰林时，曾陪祀侍班，故云。

分祭天地建圜丘

麟庆说"天坛在正阳门外之左"，也就是前门外路东，古时一般称左东右西，与当代是相反的。这个位置是明朝永乐年间迁都北京后，由明成祖朱棣选定的。只不过永乐十八年（1420）建成之时，不叫"天坛"，而叫"天地坛"。这是因为永乐皇帝继承了洪武十年（1377）明太祖朱元璋定下来的传统，实行"天地合祀"的制度。天地坛的主殿叫"大祀殿"，所谓"大祀"，是古代帝王最隆重的祭祀，东汉的大经学家郑玄注《周礼》，认为"大祀"指祭祀天地，也可以包括宗庙祭祀。明朝前期的大祀殿，就在今天祈年殿的位置，那时还没有圜丘。

北望圜丘坛、皇穹宇及祈年殿

满汉双文的"皇天上帝"牌位

"圜丘"是什么时候出现的呢？明朝嘉靖九年（1530）。当时嘉靖皇帝组织满朝文武进行了一次大讨论，主题就是天地应该合祀还是分祀。据《日下旧闻》引《明嘉靖祀典》记载，当时参与讨论的人员约六百人，上至公侯伯子这些世爵贵胄，下至吏目、学录这些从九品甚或"不入流"的小官，纷纷发表见解。在充分听取了大家的意见后，嘉靖皇帝最终决定分别祭祀天、地、日、月，在北郊营建地坛，在东、西郊分建日、月坛。原先的天地坛也就变成了天坛，嘉靖皇帝在原本的大祀殿以南建设圜丘，把祭天的仪式从室内转移到了露天的平台上。此后又在大祀殿的原址上建造了圆形三重檐的"大享殿"，也就是祈年殿的前身。至于"祈年殿"的名字，则是清朝乾隆十六年（1751）重新命名的。麟庆在《天坛采药》中所谈到的圜丘"形圆象天，南向，三成"，祈年殿"在坛上，制俱圆。坛南向，三成"，也都是乾隆时期以后的样子。

我们今天去天坛公园参观，就会发现主线上有两组建筑群：南面是圜丘和皇穹宇，北面是祈谷坛、祈年殿和皇乾殿。这两组建筑

今日祈年殿

都是用来祭天的，但祭祀的时间却不同：圜丘的祭天仪式在冬至日举行，如果遇到久旱无雨，皇帝还要到圜丘行"大雩"礼，向上天祈雨；祈年殿的祈谷仪式则在正月的第一个或第二个辛日举行。这两个时间都正值北京的严冬，尤其冬至日的祭天典礼，全部的祭祀流程从"日出前七刻"就要开始，意味着在一年中最冷的季节、一天中天亮前最冷的时候，皇帝要亲自率领百官到露天的圜丘台上多次三拜九叩，向上天表示自己的诚意。祭天仪式如此辛苦，明朝的名臣张居正就曾在《进郊礼图考疏》中说"郊坛高旷，霜露凝寒，登降周旋，礼文繁缛"，所以很多皇帝都只是"遣官代祭"。乾隆皇帝就经常炫耀自己"每临大祀，必恭必亲"，是前代皇帝很少能做到的。

圜丘和祈年殿祭祀的神明，都是"昊天上帝"（一作"皇天上帝"）。这个"上帝"与任何宗教都没有关系，而是中国人自古崇拜的"上天"，体现的是中国古人对自然与社会规律的尊崇。早在《尚书·舜典》里就出现了"肆类于上帝"的说法，意思是舜继位后先向上天祈祷，这种"敬天"的理念又在后世儒家的推崇下不断被强化，用来约束世袭制下统治者的权力。张居正就曾规劝万历皇帝说："兹当行礼之期，凡起居饮膳念虑动止之间，尤宜倍加谨慎，务期积诚致洁，真如上帝之降临可也。"（《进郊礼图考疏》）说明祭天这样的活动，其实是对统治者所行所思的警戒和约束。

建筑数字有玄机

麟庆在《天坛采药》里，特别关注圜丘等建筑的"数字内涵"。

比如他说："上成石面九重，自一九环甃，递加至三成，得二百四十有三，合一三五七九阳数。"这里的"成"就是层的意思，"甃"是用砖砌的意思。圜丘上的石砖，以最上层的"天心石"为中心，紧挨天心石的第一圈由九块石砖组成，九块外面的第二圈是十八块，再外面的第三圈是二十七块，以此类推，第一层平台上共有九圈石砖，第九圈由八十一块石砖组成。第二层也有九圈，最里圈是九十块石砖，最外圈是一百六十二块石砖。第三层类推，最外圈的石砖数是九乘以九再乘以三，恰好是二百四十三。

但是这么算下来，只有九和三这两个数字，哪儿来的"一三五七九"呢？原来呀，麟庆虽然自称"余官翰林时，曾陪祀侍班"，年轻时作为内阁中书曾参加过嘉庆时期的祭天大典，但圜丘上到底有多少块砖，并不是他亲自数的，而是从书上抄的。《大清会典》描述圜丘，是这么说的："上成径九丈，高五尺七寸；二成径十有五丈，高五尺二寸；三成径二十一丈，高五尺。上成石面九重，自一九环甃，递加至三成，得二百四十有三，合一三五七九阳数。"三层直径分别是九丈、十五丈、二十一丈，相当于三分别乘以三、五、七，三层石砖数量则相当于九九八十一再分别乘以一、二、三，这样就包含了一、三、五、七、九等奇数。中国的《周易》文化里，认为奇数为阳，象征天，偶数为阴，象征地，所以奇数又称"阳数"。可惜麟庆抄书时省略了直径和高度的记载，这就跟阳数"一三五七九"合不上了。

除了圜丘的直径和石砖，天坛的建筑设计中还有很多数字游戏。例如麟庆提到的，圜丘的三层石栏和望柱数目各为三百六十个，"合

圜丘坛石砖

三百六十周天之度"。祈年殿"殿柱内外各十有二,中龙井柱四",分别代表一年十二个月、一天十二个时辰和一年四季;内外殿柱组合,又可代表二十四节气;三者相加为二十八柱,又可象征二十八星宿;等等。

天坛特产益母草

　　除了以圜丘和祈年殿为中心的两大祭祀建筑群,天坛里还有一个机构引人注目,这就是位于天坛西外坛的神乐署。这个机构在明清两代专门为祭祀活动奏乐舞蹈。明朝时由道教正一派主持演习乐舞,称作"神乐观",乐舞生也多由道观里的道士充任。后来不断有人提出，祭祀所用的"雅乐"属于儒家的"礼乐"制度，不应由道教人士来演奏。到了清朝乾隆年间，就把"神乐观"改名为"神乐所"，后来又改作"神乐署"，并且严令禁止乐官学习道教。麟庆在《天坛采药》中说"神乐观"，其实是沿用了早年的称呼。

　　无论叫神乐观还是神乐署，明清两代的乐官们除了演习祭祀乐舞外，都还有一项副业：卖药。正如麟庆所说："坛内树木森蔚，药草苾芬，所产益母最良。"益母草是一味中草药材，中国历代医家都将之视为治疗妇科疾病的良药。天坛周边为皇家禁区，人迹罕至，草木繁茂，盛产益母草。明朝神乐观的道士们就在天坛周边开设药铺，专卖益母草熬制的益母膏，一方面自己赚点"外快"，另一方面

清末民初的天坛乐舞生

也能让更多百姓得到治疗。清朝尽管驱逐了道士，但仍沿袭了卖药的传统。乾隆朝大学者汪启淑（1728—1800）曾在《水曹清暇录》中记载："天坛中隙地产益母草，守坛人煎以为膏售人，颇地道。"可见天坛益母草的良好口碑是一以贯之的。

由于采药卖药有济世救人的功绩，明清两朝政府尽管屡次整肃天坛周边的环境，严禁喧哗，也不许饮酒、嬉戏或开设茶馆、酒肆，但对药店却网开一面。麟庆说，乾隆皇帝"特准神乐观官生开药肆十六，以利施济"。《清仁宗实录》记载，嘉庆十三年（1808）曾在内阁官员的建言下再次"肃清郊坛重地"，尤其禁止开设茶馆，认为"若一设茶馆，聚集闲杂多人，或至话古弹词，亵越尤甚"，但对药铺仍予保留，"向来民人以彼处产药，就近开铺售卖，尚可容留"。神乐署官生采药的传统也保留了下来，但只许"秋后入坛采刈"。

在这样的背景下，麟庆于道光二十三年（1843）与贺焕文一起，在两位乐舞生的带领下，体验了天坛密树浓荫下的药圃宝地。这位同行的贺氏也不是一般人，他名世魁，字焕文，是道光朝有名的宫廷画师，曾为道光皇帝绘制过《松凉夏健图》等作品，跟麟庆也是好朋友，《鸿雪因缘图记》第三集中的《见亭先生五十二岁小象》，就出自贺世魁之手。《天坛采药》一图，在云霭缭绕坛殿之侧，郁郁葱葱的松林底下，两个士人由扛着锄头的乐生"金童"指引，向林中深处探寻益母草的踪迹。整个场景既缥缈肃穆，又生机勃勃。麟庆的别样经历，带我们领略了一个别样的天坛。

亲耕耤田先农坛

——读孙承泽《崇祯壬午上亲耕耤田纪》

先农坛内耕耤礼

在永定门大街西侧，与天坛对应的地方，叫先农坛。"先农坛"有狭义和广义两层意思：狭义的先农坛，仅指那座祭祀先农的神坛；广义的"先农坛"，则指称先农坛所在的皇家禁苑，甚至可以泛指这一地区，比如老北京人一提到先农坛，往往首先想到的是这一地区的先农坛体校和先农坛体育馆。先农坛所在的皇家禁苑，在明朝原以山川坛为主坛，所以早年称作"山川坛"。后来嘉靖皇帝对这些神坛及相关祭祀进行了诸多调整，甚至取消了"山川坛"；而位于院落西南的先农坛，从明初永乐皇帝营建伊始，到清朝溥仪逊位，没有经历太多变化，反而越来越受重视，所以慢慢地，"先农坛"就取代"山川坛"，成为这整片神坛区的代名词。

除了祭祀先农，明清两代还有另一项非常重要的仪式，要在先

先农坛祭祀区中的天神坛

农坛举行，这就是"耕耤礼"。什么是"耕耤礼"，这个仪式又是如何举行的呢？明末清初的重要官员、学者孙承泽，曾写过一篇《崇祯壬午上亲耕耤田纪》，我们读了这篇文章，就能对明清皇帝"亲耕耤田"的仪式细节有一个更直观的了解。《崇祯壬午上亲耕耤田纪》全文如下：

今上御极之七年，岁在甲戌，二月二十有七日，亲致祭于先农之神，行躬耕耤田礼。至十五年壬午二月十九日，上复亲祭先农，行耕耤礼。泽为户科左给事中，同科员张希夏、沈胤培、左懋第、沈迅、戴明说导驾，躬逢大典，略纪其概。

壬午二月十九日己未卯刻，上驾至先农坛。六科同礼部堂上官导驾至具服殿，易皮弁，服绛纱祭服，至坛。坛上结黄幄，奉先农，下设上拜位。上拜揖甚恭。礼毕，仍导驾至具服殿，易翼善冠、黄袍。

太常寺奏请诣耕耤位，六科同礼部导驾至位，户部尚书傅淑训跪进耒耜，顺天府尹张宸极跪进鞭，六科、锦衣卫、太常卿导引上左手秉耒，右手执鞭，三推，步行犁土中，尽垄而止。耕时，教坊司引红旗两旁唱禾词，老人牵牛，二人扶犁，二人耕。毕，户部尚书跪受耒耜，置犁亭。府尹跪受鞭，置鞭亭。府尹捧青箱播种，耆老以御牛随而覆之。

上御观耕台。于是大学士周延儒、贺逢圣、张四知、谢升、陈演、吏部尚书李日宣六人耕东，定国公徐允祯、恭顺侯吴惟英、清平伯吴遵周、户部尚书傅淑训、兵部尚书陈新甲、工部尚书刘遵宪六人耕西，顺天府厅官各执箱播种。

太常卿奏：耕毕，驾至斋宫。各官一拜三叩头，分班侍立；顺天府官率两县官、耆老人等五拜三叩头，农夫襄衣挑农具三十人随后俯伏。礼毕，即随府、县官至耕所终亩。各官行庆贺礼。上传旨：赐酒饭。文官三品以上、武官二品以上坐丹陛上，余在台下。

是日，科臣沈迅因教坊承应歌词俚俗，宜改正，上疏。即下部，本月二十四日，上令阁臣传礼部王锡衮、蒋德璟到阁，谕：以后耕耤，宜歌《豳风》《无逸》之诗；其教坊所扮黄童、白叟，鼓腹讴歌，为佯醉状，委为俚俗，斥令改正；天地之舞，不宜扮天神亵渎；及禾词宜颂，不忘规，须令词臣另行撰拟。户科左给事中臣某纪。

仲春亲耕在耤田

首先看孙承泽这篇文章的标题:《崇祯壬午上亲耕耤田纪》。"崇祯壬午"即崇祯十五年(1642),"上"就是指当朝的崇祯皇上,"亲耕"在这里指象征性地亲自耕种,"纪"等同于"记",就是记录的意思。那么"耤田"是什么呢?

"耤田"是中国古代礼乐文化中的专用术语,在儒家经典中反复出现,"耤"字音同"籍",有时写作"籍",有时写作"耤"。《周礼·天官》中有一个官职叫作"甸师",职责就是带领属下"耕耨王籍,以时入之,以共齍盛"。后人对"王籍"的解释是:"籍之言借也","为天神借民力所治之田也"。意思是说,这片"耤田"是帝王专属的农田,所收获的庄稼,要用作"齍盛"祭品,在祭祀仪式上供奉给天地诸神;但帝王即使"亲耕",也只是象征性地锄几行地,这片农田大部分时间都是委托百姓耕种,所以是"天神借民力",这是一块"借用之田",所以称为"耤田"。

孙承泽在开篇就谈到了,崇祯皇帝登基后,曾在崇祯七年(1634)和崇祯十五年,两次"行耕耤礼",就是举行在耤田上亲耕的仪式。每次耕耤之前,都要先祭祀"先农之神"。这位"先农"是谁呢?在《周礼》中,有"祈年于田祖"的说法,郑玄认为"田祖,始耕田者,谓神农也"。汉朝以后,官方祭祀先农渐成惯例,《后汉书注》引《汉旧仪》曰:"先农,即神农炎帝也。"可见从很早以前,中国人便认为这个"先农"就是指远古神话中的"三皇"之一神农氏。

祭祀先农并亲耕耤田的做法,见于儒家经典《礼记·月令》:

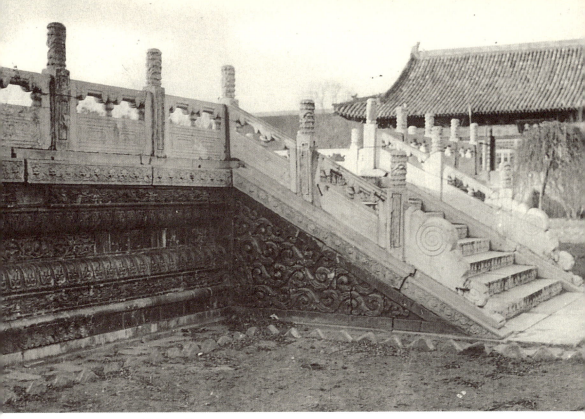

观耕台石阶

"天子乃以元日，祈谷于上帝，乃择元辰，天子亲载耒耜……帅三公、九卿、诸侯、大夫，躬耕帝籍，天子三推，三公五推，卿、诸侯九推。"天子要向上天祈祷五谷丰登，并带着王公大臣们"躬耕帝籍"。不过按照《月令》的说法，这一活动应在"孟春之月"，也就是正月举行。据孙承泽考证，汉章帝、晋武帝等皇帝，以及唐、宋、元等朝代，都选择在正月举行；而明朝则选定"以仲春择吉日行事"，也就是在农历二月选一天举行。据《大清会典》记载，清朝选在"仲春吉亥"，也就是每年农历二月的某一个亥日，举行耕耤礼。

耕耤仪式甚庄严

"耕耤礼"是仪式性质的，象征意义大于实际成果，因此整个流程充满了繁文缛节的仪式感。

仪式的第一步，是祭先农。之前已有人员布置好了祭祀现场，"坛上结黄幄"，设立先农的牌位，"下设上拜位"，即专为皇帝准备的下拜席位。祭祀前后都要换衣服，祭祀时要穿郑重的"皮弁，服

先农坛具服殿

绛纱祭服"，祭祀后则要换成"翼善冠、黄袍"，为下田亲耕做准备。按《明史·舆服志》的记载，"翼善冠、黄袍"都属于皇帝的常服，其中翼善冠是一种乌纱帽，特点是后翅向上折到头顶，而不是撑在两侧。

皇帝更衣的同时，其他人也没有闲着，耤田的一切准备工作都要就绪：耤田正中摆放一头黄牛，配上黄色犁具，这是供皇帝"亲耕"使用的；东西两边分别摆放六头黑牛和六具朱犁，这是供三公九卿"从耕"使用的。耤田的东西两侧，分别站着户部尚书和顺天府尹，顺天府尹手捧赶牛的牧鞭，他的从属在旁边手捧青箱，里面装着准备播种的种子。后面则是奏乐、唱歌的人员，打彩旗的人员，以及德高望重的本地耆老和普通农夫各三十来人。其他文武百官则站立于观耕台两侧。

皇帝更衣之后，由六科及礼部官员引导，来到耤田，这就进入第二个环节：耕耤，也就是亲耕耤田。户部尚书和顺天府尹分别作为中央和地方官员的代表，"跪受耒耜"和鞭子。"耒耜"本来是"犁"发明之前用来翻土的农具，后人有时也用这个古称代指犁具。《明嘉靖祀典》记载"亲耕耤田，合用田具什物、黄龙口等犁牛具，顺天府造办"，可知这个"耒耜"就是犁具。在官员的指导下，以及"老人牵牛，二人扶犁，二人耕"的帮助下，伴随着《禾词》的歌声，崇祯皇帝"左手秉耒，右手执鞭"，在耤田中鞭牛推犁，耕完一垄地。之后的播种则由顺天府尹和耆老完成。

亲耕之后，便是仪式的第三个环节：观耕。这时皇帝来到观耕台。观耕台原本是木质结构，清朝乾隆年间改为用砖石铺设，减少维修成本。所谓"观耕"，就是皇帝观看朝中重臣"从耕"。这一仪式同样是教条地遵照《礼记·月令》的描述，"天子三推，三公五推，卿、诸侯九推"，所以要凑够"三公""九卿"共十二人，包括异姓公爵、侯爵、伯爵各一人，以及大学士及各部尚书等朝廷要员。当然，这"三公五推""九卿九推"也都是象征性的，在所谓"耕毕"之后，是"顺天府官率两县官、耆老人等"，以及穿蓑衣、挑农具的农夫三十人"至耕所终亩"，把整亩地耕完。仪式的最后，则是百官庆贺，皇帝赐酒饭，同时教坊奏乐表演以助兴。

重农劝稼身作则

整套"耕耤礼"，完全是仪式性的。皇帝"三推"所能带来的直接效益，远远抵不上这番隆重的仪式所花费的开销。乾隆皇帝就曾斥责：为举行耕耤礼在耤田上所搭设的彩棚，"设棚悬彩，以庇风雨，义无取焉"。一来"吾民凉雨犁而赤日耘……岂炎湿之能避"，老百姓都是面朝黄土背朝天，风里来雨里去，不顾酷日严寒在田间劳作，哪儿能有遮风避雨的彩棚呢？二来"片时用而过期彻，所费不啻数百金，是中人数十家之产也"，这样形式主义的一次性摆设，还花销不菲，如此劳民伤财，要它何用？后来耤田搭设彩棚的制度就被取消了。

为什么封建王朝始终不愿放弃这个形式大于内容的"耕耤礼"呢？因为"民以食为天"，在漫长的历史岁月里，农产品是否富足，直接关系到社会是否繁荣与稳定。作为传统的农业大国，重农劝稼的精神始终贯穿在中国历朝统治者的思想与实践中。"耕耤礼"一方面可以鼓励天下农民勤劳耕作，另一方面也可以让统治者对耕种之难有一点直观的体会。

所以在《崇祯壬午上亲耕耤田纪》的最后一段，孙承泽记述了一场关于"耕耤礼"上所唱歌曲的讨论。讨论的核心，就是教坊所唱歌词"俚俗"，不够庄重。所以崇祯皇帝下令，以后伴唱，就

先农坛中的观耕台

唱《诗经》中的《豳风》和《尚书》中的《无逸》好了!《豳风》是十五国风之一,"豳"在今陕西省咸阳市彬州市附近,曾经是周王朝的发祥地,《豳风》就是周朝"王畿"直属区域的民歌。《诗经·豳风》共有七首诗,其中著名的《七月》讲述农民的生产生活,用朴实无华的铺叙手法,细致描写了人们一年四季的高强度劳动,表现了劳动人民生活的艰难与辛苦。《无逸》是《尚书》里的一篇文章,记录的是周公告诫周成王不要贪图安逸,而应该居安思危,开篇即云:"呜呼!君子所,其无逸。先知稼穑之艰难,乃逸,则知小人之依。"文章强调了"稼穑之艰难",劳动之艰辛。崇祯皇帝要求以后耕耤礼演唱《豳风》和《无逸》,说明他认识到了耕耤礼对统治者的警诫意义,而不应仅做粉饰太平的工具。还有,教坊上来表演的"黄童""白叟",拍着肚皮唱歌,还装出醉醺醺的样子,实在显得粗俗,千万要改掉。诸如此类,孙承泽都记录下来,相当有趣。

第二辑

城楼胜景

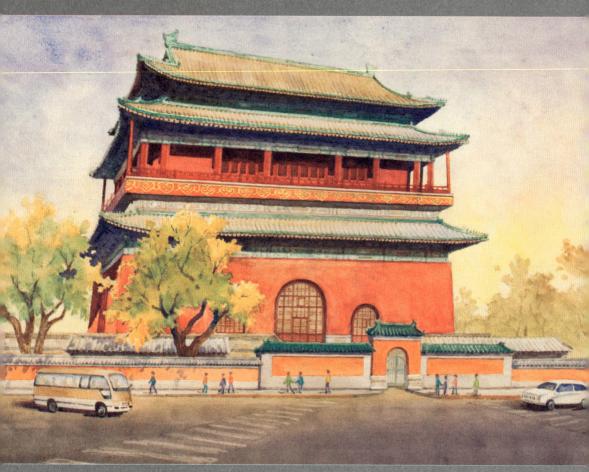

鼓楼　张维志绘

占道经营御路旁

——读高承埏《鸿一亭笔记》

得天独厚商业街

　　领略过中轴线东西两侧天坛和先农坛的风采，咱们沿着中轴线继续向北走，过了珠市口大街，就进入了"前门步行街"。在如今这个柏油遍地、汽车饱和的时代，"步行街"是大城市里"最金贵"的路段。而在从前肩挑背扛、黄土铺路的年代，正阳门外的这条大道——俗称"前门大街"——也同样是全北京"最金贵"的路段：不仅材质是石面的"驰道"——便于快马奔驰的通衢大道，而且宽度也远超其他城门外的石路。您要问了：为什么前门大街能这么"特立独行"呢？——因为它在中轴线上啊！别忘了，在营建外城和永定门之前，正阳门可是中轴线上唯一的城门，是北京城正经八百的"正门"和"前门"，门外这条大街，可不得气派些嘛！

今日前门大街

　　如今的前门大街，建筑焕然一新，商铺鳞次栉比，行人、顾客熙熙攘攘。站在这条宽阔恢宏的大街上，咱们来读一条明末的笔记，想象一下三四百年前的街景与民情：

　　北京正阳门前搭盖棚房，居之为肆，其来久矣。崇祯七年，成国公朱纯臣家灯夕被火，于是司城毁民居之侵占官街搭造棚房、拥塞衢路者。金侍御光辰虑其扰民，上言："京师穷民僦舍无资，藉片席以栖身，假贸易以糊口，其业甚薄，其情可哀。皇城原因火变，恐延烧以伤民。今所司奉行之过，概行拆卸，是未罹焚烈之惨，而先受离析之苦也！且棚房半设中途，非尽接栋连楹，若以火延棚房即毁棚房，则火延内室亦将并毁内室乎？"疏入，有旨停止。

——高承埏《鸿一亭笔记》

　　这条材料出自高承埏的《鸿一亭笔记》。高承埏（1603—1648），字寓公，一字泽外，晚号鸿一居士，浙江嘉兴人，崇祯十三年（1640）进士。他这本《鸿一亭笔记》如今已经难得一见了，但这条关于前门大街的记载在《日下旧闻考》卷五十五中保留了下来，为我们提供了一扇了解古代城市治理的小窗口。

　　北京城九门外的各条大街，数前门大街最宽。何以见得呢？看见前面那座牌楼了吗？上面写的是什么？——正阳桥。这座牌楼，明英宗正统四年（1439）重修北京九门城楼时就有了，当然之后屡有变迁，比如清朝时这"正阳桥"三字是满汉双文，如今又改回了只用汉字。当时明英宗皇帝整修京城，在九门外都立了牌楼，并且把木桥统一改建成了石桥，焕然一新。而九门外的这九座石桥，"正

清末的正阳门牌楼

阳门外跨石梁三，余八门各一"（《光绪顺天府志》卷一）。不仅是石桥，正阳门的城楼、牌楼，规格也都高于其他八门，老百姓俗称"四门三桥五牌楼"：门洞，其他八门只有两个，唯独正阳门有四个；门外护城河上的石桥，其他八门都只有一梁，唯独正阳桥是并排三梁；石桥前的牌楼，也唯独正阳桥牌楼是"六柱五间"的高规格。桥宽了三倍，与桥相连的大路自然也宽出去三倍啦！就是这么气派！

为防火灾拆"违建"

前门大街不仅道路宽阔气派，而且地处要冲，既是明清两代皇帝出行的中轴"御路"，又是很多贩夫走卒进出京城的必由之路，因此形成了著名的"前门商业区"，往东鲜鱼口，往西大栅栏，与前门大街平行的肉市街、珠宝市街，各式各样的店商铺号令人眼花缭乱。所以高承埏说："北京正阳门前搭盖棚房，居之为肆，其来久矣！"老百姓在北京正阳门外搭建简易的棚房，作为店铺居住和经营，这历史可悠久哩！

早在元朝的时候，这条大街就是外地赶考士子的聚居地。元人宋褧（1294—1346）在《燕石集》中记载："四方进士来试南宫者，率皆僦居丽正门外。"元朝的丽正门，比明初的丽正门，即后来的正阳门，稍偏北一点，不过"丽正门外"差不多也就是今天的前门外。到了明清两代，前门外大街更是京城有名的繁华闹市，清初赵吉士（1628—1706）在《寄园寄所寄》中称"正阳门东西街，招牌有高三丈余者，泥金杀粉"，招牌都能做得这么"高级大气上档次"，可见

清末前门外商街

生意兴隆，经济效益有多好！前门大街两侧的其他商街，也都是名店林立，老字号云集，这套"北京中轴线文化游典"里有专著，为您逐一细数这些店铺的前世今生。

　　商业上的繁荣，也带来了安全上的隐患。历史上丽正门或正阳门屡次遭火，极少是因为战乱，大多是由于前门大街的铺户起火，火势蔓延，殃及城楼。最严重的两次，都发生在春夏之交的农历五月。一次发生在乾隆四十五年（1780），时人魏祝亭在《天涯闻见录》中说，那次火灾"计焚官民房四千一百有七，并延毁牌坊、城楼"（见《京师坊巷志稿》转引）；另一次发生在著名的光绪二十六

年（1900）庚子事变中，义和团出于对外国殖民者的仇恨，火烧大
栅栏的西药房，引发严重的火情。据吴鲁（1845—1912）《百哀诗》
记载，当时"黄雾四塞，火光烛天，须臾东北风发，延烧西河沿煤
市街一带民房铺户三千余家，未刻转西北风，延烧正阳门城楼，东
西月墙荷包巷，悉付一炬"。除了这样蔓延三四千户、烧毁城楼的大
火灾，小火情更是不计其数。这主要是因为前门大街摊铺密集，鳞
次栉比，加上席棚、旗幌等易燃物较多，一旦起火，很难控制，安

清末民初的正阳桥及两侧的席棚

全隐患很大。这样的商业密集区如何管理，就成了一个令人挠头的问题。

高承埏记述的这则故事，就是由崇祯七年（1634）的一次火情引发的。这次火灾发生在正月十五元宵节，正是举国上下闹花灯的日子，确实最容易出事。起火的地点是正阳门附近成国公朱纯臣（？—1644）的府邸。说起这位朱纯臣，可不是一般人物。他的祖上朱能（1370—1406），是辅助明成祖朱棣攻城拔寨、打赢靖难之役的功勋之臣，所以子孙世袭成国公，到朱纯臣已是第十二代公爵。朱纯臣本人也是崇祯皇帝倚重的大臣，《明史》卷一百四十五载，后来甲申（1644）之变的时候，"李自成薄京师，帝手敕纯臣总督中外诸军，辅太子"，崇祯帝在临危之际竟将军务和继承人全部托付给朱纯臣，可见对他的绝对信任和器重。所以这位国公爷的府邸在太平年间失了火，一下子就成了了不得的大事，京城的地方官员也很紧张，赶忙追责检讨。结果追查来追查去，得出一个结论：都是前门大街上的"违建"惹的祸！"您看看，这些老百姓多'嚣张'，竟敢长期'占道经营'，把棚屋都搭到官街路面上了！而且搭造的棚房都是易燃材质，密度又大，这天干物燥的，能不出事吗？道路也都给堵了，不利于救火啊！怎么办？——拆呗！"

御史上疏保棚房

当地官员正忙着"毁民居之侵占官街搭造棚房、拥塞衢路者"，这时候有一个人站出来了，这个人就是御史金光辰。这位光辰御史字居垣，又字天枢，号双岩，全椒（今安徽滁州）人，崇祯元年（1628）中进士，后擢为御史，巡视西城。金御史专管监察，刚正不阿，连崇祯皇帝宠爱的宦官杀了人，他也毫不留情面，坚持治罪。在前门大街拆迁的事情上，他也同样耿介直言，从"扰民"的角度制止了"强拆"的行动。他提出的理由主要有三点：

首先，"京师穷民僦舍无资，藉片席以栖身，假贸易以糊口，其业甚薄，其情可哀"。在前门大街上私搭乱盖，确实不对，但这些老百姓都是穷苦的底层大众，就是因为没钱，租不起正经的房屋门脸，才勉强搭个小小的席棚来容身，做点儿小买卖糊口。这些人往往家业单薄，生存状况是令人悲哀的。你看着破旧危险，那可是人家的全部家当，拆了让人家去哪儿呢？作为管理者，应该对他们抱有同情心，而不是高高在上地指手画脚。

其次，"皇城原因火变，恐延烧以伤民。今所司奉行之过，概行拆卸，是未罹焚烈之惨，而先受离析之苦也"。防火的考虑，当然是应该的，这也是为老百姓的安全着想。但两害相较取其轻，要衡量火灾风险和拆迁损失孰轻孰重。如果条件允许，能够为老百姓提供安全卫生的交易场所，那当然没问题；但现在时机尚未成熟，一刀切地搞"强拆"，对老百姓的伤害只会更大，相当于还没遭遇火情肆虐的危害，却先要经历颠沛流离之苦。

最后，金光辰认为，即使从火灾隐患的角度考虑，这些临时棚房的火灾风险，也未必就比木质结构的正经房舍更高。前门大街很宽，所以这些棚房多半搭建在道路中间，并不是都跟成片的房屋连在一起的。"棚房半设中途，非尽接栋连楹，若以火延棚房即毁棚

清末车水马龙的前门大街

房，则火延内室亦将并毁内室乎？"如果因为这次火灾而拆棚房，那么下次深宅大院里起火了怎么办？是不是大家谁都甭盖房子了？金御史可能还有个弦外之音：这场火灾是因位高权重的国公爷家里而起，最后却让底层的老百姓遭殃，这不是"只许州官放火，不许百姓点灯"吗？

权衡利弊温旧章

在金光辰的坚持下，前门大街的"强拆"行动才得以终止。金御史没有提到的是，前门大街的商业繁荣，不仅是靠那些高楼广厦、

清末熙熙攘攘的前门大街

宽敞气派的名店大铺，也同样倚仗这些默默无闻、破旧寒酸的无名
摊贩。前门地区之所以成为享誉京城的商业闹市，就是因为它地处
"天子脚下"的黄金地段，但全无限制"门槛"，海纳百川，无所不
包。同一个商区里，有钱人可以下馆子、摆酒席，山珍海味任你点；
没钱的，路边摊买碗豆汁儿也能充饥，来杯粗茶就能解渴。这里既
卖绫罗绸缎，也卖针头线脑儿。就像正阳门大街这条"御路"，皇
上走得，百官走得，庶民百姓也走得。每个人都有行走的权利，每
个人也都有消费的需求。正是这样多元化的消费群体，才塑造出了
前门大街的"金字招牌"，创造了数百年的商业辉煌。所以《日下

旧闻考》援引这段史料后，还特意加了条按语："今正阳门前棚房比栉，百货云集，较前代尤盛，足征皇都景物殷繁，既庶且富云！"意思是说："金光辰说得对！前门大街的棚房虽然是庶民百姓'占道经营'，但这恰恰是市井繁荣的体现！我大清朝的'违建'比明朝还多，证明本朝经济更加繁荣昌盛！"

平心而论，金光辰反对强拆棚房的三个理由，也不是没有强词夺理的地方。毕竟防火、清路、治安及卫生安全等问题，也是必须重视的。您看《日下旧闻考》吹嘘"棚房比栉，百货云集"的话音还未落，正阳门大街就遭遇了乾隆朝最严重的一次火灾，安全问题确乎大意不得！如何平衡利弊，很考验决策者的治理水平。但治理不等于一刀切式的"眼不见为净"，更不能搞政绩工程。金光辰的核心理念，就是四个字——"不要扰民"，尽量少折腾老百姓。因此金御史的这道上疏，被晚明的高承埏记载到《鸿一亭笔记》里，又被清初的朱彝尊转引到《日下旧闻》中，后来乾隆年间中央政府官修的《日下旧闻考》、光绪年间地方政府官修的《光绪顺天府志》，都援引了这段文字，就是希望不断提醒当政者：做决策的时候，一定要怀着对底层百姓的同情和悲悯哪！

正统翻修正阳门
——读杨士奇《都城览胜诗后》

名士名篇纪修城

过了正阳桥牌坊，就到正阳门了。北京城的正南门，元朝和明朝初年叫"丽正门"，明朝中后期到清朝都叫"正阳门"，无论"丽"还是"阳"，都包含南方的意思，所以"丽正门"和"正阳门"也都是南面正门的意思。这座正南门，也是北京内城九门中唯一一座坐落在中轴线上的城门。所以站在这里，咱们读一篇文章：杨士奇（1366—1444）的《都城览胜诗后》。这篇文章记载了北京城历史上的一件大事：正统初年重修京城九门。

正统四年，重作北京城之九门，成崇台杰宇，峣巍弘壮。环城之池既浚既筑，堤坚水深，澄洁如镜，焕然一新。者耄聚观忻悦嗟叹，以为前所未有。盖京都之伟观，万年之盛致也！

今日正阳门箭楼

　　于是少师建安杨公、少保南郡杨公，偕学士诸公，以暇日登正阳门之楼，而纵览焉。高山长川之环固，平原广甸之衍迤，泰坛清庙之崇严，宫阙楼观之壮丽，官府居民之鳞次，廛市衢道之棋布，朝觐会同之麇至，车骑往来之坌集。粲然明云霞，瀹然含烟雾，四顾毕得之。而胸次轩豁，趣与景会，乐哉乎游也！南郡公有诗，诸公皆倚和之，缀辑成卷。是时，仆以赐告南归，不及与游，既获睹群什，而歆艳焉，皆所谓登高能赋之大夫者也！

　　讽咏之余，因慨叹：凡事之成，各有其时。太宗皇帝肇建北京，既作郊庙、宫殿，将及城池，会有事未暇及也。已而国家屡有事，久未暇。及皇上嗣大位之五年，仁恩覃霈，海宇乂宁，始及于斯，而不日成之，岂非得其时者乎！夫得其时而不得其人，犹未也。盖尝闻之，命之初下，工部侍郎蔡信扬言于众曰："役大，非征十八万民不可。材木诸费称是。"上遂命大监阮安董其役，取京师聚操之卒万余，停操而用之，厚其既廪，均其劳逸，材木诸费一出公府之所有。有司不预，百姓不知，而岁中告成。盖一出安之忠于奉公、勤于恤下，且善为画也。谓事之成，非由于人乎！嗟夫！一事之成，犹必得人，则于为国家天下之重，且大不可推见乎？

这篇文章见于杨士奇的别集《东里集·续集》卷二十三。全文分为三部分，首先描写了修缮完成后正阳门城楼的雄壮气派，其次记述了朝中众臣的登楼唱和，最后发表议论，指出只有"得其时"又"得其人"，方能成事。咱们一边细读这篇文章，一边了解一下正阳门城楼以及正统修缮工程的故事。

城楼巍峨濠堑深

杨士奇在《都城览胜诗后》中开门见山，一开篇就先指出了整篇文章的核心：正统年间"重作北京城之九门"。据《明英宗实录》记载，"正统元年十月，命太监阮安、都督同知沈清、少保工部尚书吴中，率军夫数万人，修建京师九门城楼"，次年正月正式兴工。明英宗朱祁镇是明朝第六位皇帝，明成祖永乐皇帝朱棣的重孙子，但他刚登基的正统元年（1436），距永乐十八年（1420）营建北京的工程仅仅过去十六年。为什么十几年后就要大动干戈地重修呢？杨士奇也做了解释：之前永乐年间修建的北京城只是草创，"月城楼铺之制多未备"，必须尽早完善。文章后面还谈道："凡事之成，各有其时。"之前永乐时"既作郊庙、宫殿，将及城池，会有事未暇及也"，没来得及对城池进行一步到位的营建；之后"国家屡有事，久未暇"，也一直没得到机会；如今英宗即位，"仁恩覃霈，海宇又宁"，天下太平，正是修缮完工的好时候，所以说是"得其时者"。

按《明英宗实录》的说法，正统重修包括"京师门楼、城濠、桥闸"等多项工程。一是九门分别建造了月城，也就是瓮城，以及城楼（正楼）和箭楼，其中"正阳门正楼一，月城中左右楼各一，崇文、宣武、朝阳、阜成、东直、西直、安定、德胜八门各正楼一，月城楼一"。正阳门是京师正门，所以规格要高于其余八门，瓮城上除了箭楼外，还在东西两侧各建有一座小型闸楼，楼下设券门洞，平时百姓都从东西券门出入，只有皇帝出城才能开启正面的箭楼大门。二是"各门外立牌楼，城四隅立角楼"，又将九门外的木桥"悉撤之，易以石"，改为石桥，对城市的防御和美观都进行了加强。三是修缮护城河，"深其濠，两崖悉甃以砖石"，一边把河道挖深，一边在两岸边缘砌上砖石来加固河道，同时在九桥间修建水闸。"濠水自城西北隅环城而东，历九桥九闸，从城东南隅流出

明英宗画像

民国时期的正阳门城楼

大通桥而去。"整个修缮工程,同时加强了"城"和"池"的防御能力,《明英宗实录》称"焕然金汤巩固,足以耸万年之瞻矣"。

对于新修的正阳门城楼和护城河,杨士奇在《都城览胜诗后》中也不吝溢美之词。他说城楼是"崇台杰宇,岿巍弘壮",巍峨壮丽;护城河则是"堤坚水深,澄洁如镜,焕然一新",堤岸坚固,水流清澈。"耆耄聚观忻悦嗟叹,以为前所未有。盖京都之伟观,万年之盛致也!"连饱经沧桑的耄耋老人都赞叹,这项工程是前无古人的奇观和杰作!

正阳登楼览胜景

中国自古就有"登高作赋"的传统，雄壮巍峨的新城楼挺立京城，朝堂中的文官们少不得要登临游览一番，以助诗性。在内阁重臣杨荣（1372—1440）、杨溥（1372—1446）的率领下，大臣们登上正阳门城楼，"纵览"眺望四周景致。向远处眺望，西北方是"高山长川之环固"，重峦叠翠，连绵屹立；东南方是"平原广甸之衍迤"，一马平川，沃野千里；近处向北能俯瞰皇室禁区，"泰坛清庙之崇严，宫阙楼观之壮丽"，太庙肃穆而庄重，宫殿华美而神秘；东西两侧，"官府居民之鳞次，廛市衢道之棋布"，北面千步廊外是五府六部、文武百官办公之地，南面大街两侧则是商铺民居，鳞次栉比，星罗棋布；会同馆外，朝鲜、琉球等国使节盛装出入；棋盘街里，三教

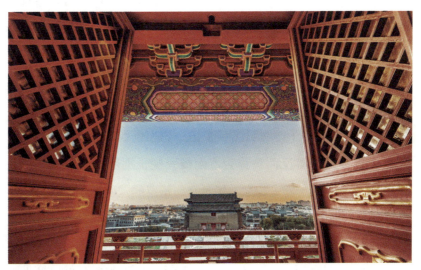

从正阳门城楼南望

九流往来穿梭，车水马龙……

真是"欲穷千里目，更上一层楼"！辽阔的视野令人"胸次轩
豁"，这些饱读诗书的大臣自然要提笔赋诗，聊抒胸臆。杨溥先作诗
一首，其他人纷纷唱和，编成了一本诗集，命名为《都城览胜诗》，
寄给了正在老家"省墓"探亲的杨士奇。作为回应，杨士奇写下了
这篇《都城览胜诗后》，在盛赞修城工程的同时，也把大臣们的这次
登游唱和夸奖了一番。

这些朝廷官员编个诗集，为什么一定要寄给杨士奇呢？因为当
时杨士奇是内阁首辅、朝廷重臣，杨荣、杨溥都是他在内阁的得力
助手，当时人们将他们三人称为"三杨"。明英宗即位时，年仅九
岁，由太皇太后张氏主政，张氏十分信任杨士奇、杨荣、杨溥三人，
国家大小事宜均先交予内阁"三杨"审议裁决。"三杨"都是历仕永
乐、洪熙、宣德、正统四朝的老臣。其中杨士奇年龄最长，其名为
杨寓，字士奇，号东里，江西吉安府泰和人，时人称之为"西杨"；
杨荣原名道应、子荣，字勉仁，福建建宁府建安（今福建建瓯）人，
时人称之为"东杨"；杨溥字弘济，号澹庵，湖广石首（今属湖北
荆州）人，他与杨荣同庚，且为建文二年（1400）同科进士，时称
"南杨"。有人要问了，明明江西吉安、福建建瓯都在湖北荆州以南，
为什么荆州人杨溥反而被称为"南杨"呢？据明人焦竑（1540—
1620）《玉堂丛语》卷七记载，杨士奇、杨荣的"西杨""东杨"，并
非按籍贯，而是按当时的居所位置区分的，而杨溥常自署"南郡"，
所以被称为"南杨"。

"三杨"各有所长，合作无间，为正统朝前期稳定发展做出了

《杏园雅集图》（局部），居中者为杨士奇，红衣者为杨荣

《杏园雅集图》（局部），居中红衣者为杨溥

贡献。焦竑说："西杨有相才，东杨有相业，南杨有相度。故论我朝贤相，必曰三杨。""三杨"不仅在政坛享誉盛名，而且还称霸文坛，是明朝前期台阁体诗文的代表。台阁体在内容上歌功颂德，艺术上雅正平实，影响了一代文风。杨士奇的这篇《都城览胜诗后》，既能代表当时台阁体散文的文学风格，也能让我们领略到内阁"三杨"之间的和谐关系，以及他们对当时朝野的巨大影响力。

得其人方成其事

《都城览胜诗后》虽然同样有台阁体歌功颂德、粉饰太平的特点，但文章最后一段，却探讨了"得其人"的问题。就着修缮北京城池这件事，他举了一个近在眼前的例子：正统初年刚讨论修城时，

清末民初的正阳门瓮城全景

专门负责国家工程的工部侍郎蔡信就曾跟很多人大放厥词，认为这样的大工程，必须要征募十八万老百姓前来服劳役，此外还要动用大量的木材、石料，需要花费浩大的人力物力。言外之意，这就是件"不可能完成的任务"。据《明史·张本传》记载，蔡信早在宣德初就已是工部侍郎，有人说他还参与过永乐年间紫禁城的设计和施工，也是一位工程方面的"老资历"了。既然他都觉得修城不可行，那么这个工程还能开展吗？

　　还好，这时另一位工程方面的"老资历"挺身而出了。谁呢？太监阮安。说起这位阮安，他的经历可谓十分传奇。据明人叶盛（1420—1474）《水东日记》卷十一记载，阮安一名阿留，是交趾（今属越南）人。永乐年间，明成祖曾应安南（今越南）王室的请求，派兵到安南平定叛乱，事后将一批当地孩子带回北京担任宦官，

阮安就是其中之一。他"善谋画，尤长于工作之事"，从成祖时起便参与了大型工程的设计和施工，一生"修营北京城池，九门、两宫、三殿，五府、六部诸司公宇，及治塞杨村驿诸河，皆大著劳绩"，非常有施工设计经验。而且阮安不像大多数宦官那样爱财惜命，"为人清苦介洁"，"平生赐予，悉出私帑上之官，不遗一毫"，晚年受命治理张秋河决堤的难题，死在赴任途中，叶盛说他是"中官中之甚不易得者"。

正统初年修缮北京城池的项目，也交到了阮安手上。阮安没有征调"十八万民"，而是把护卫京城的兵卒万余人调动起来，暂停操练，"厚其既廪，均其劳逸"，多给工钱，平均工作强度，并从国库现存储备中调用木材等原料。由于运筹得当，队伍精悍，主事者也清廉自守、不吃回扣，所以工程很快告成，进度快，质量高，而且成本还低，并没有劳师动众地惊动百姓。完工之后，朝野上下无不称颂，甚至阮安还编刻了一部《营建纪成诗》，收集大家的庆贺诗文，据说"一时名人显官，无不有作"。

对于阮安的贡献，杨士奇身为首辅，也大为肯定。他在《都城览胜诗后》说，修城工程之所以能又快又好地完成，都是由于阮安"忠于奉公、勤于恤下，且善为画也"。他由此感叹议论："谓事之成，非由于人乎！嗟夫！一事之成，犹必得人，则于为国家天下之重，且大不可推见乎？"一件修城的事情要想成功，都必须有阮安这样"给力"的人才，那么由小见大，治理国家涉及那么多重大的事情，岂不更需要人才吗？我们联想到一百多年后修建北京外城的半途而废，更觉得杨士奇的看法颇有见地，成功最重要的，是发现和重用德才兼备的人才啊！

凛凛威风关帝庙

——读焦竑《汉前将军关侯正阳门庙碑》

明朝学者记关庙

在正阳门城楼和箭楼之间，如今是一条宽阔的马路。在古时候，这里被一座瓮城包围，百姓进出北京内城，都要先穿过这座瓮城。瓮城在战时用于防御布兵，在和平年代则成为行人商旅歇脚贸易的场所，热闹非凡。在正阳门瓮城内，还有明清北京的两处"名胜"——位于城楼南墙下的观音庙和关公庙。这两座庙，观音庙在东，关公庙在西，声名远播。尤其是西边的关公庙，曾经是北京城"九门十庙"中声望最高、香火最盛的一座庙。清朝乾隆时期官修《日下旧闻考》，纂修官们就指出："九门月城俱有关帝庙，而士民香火之盛，以正阳门为首。"（见《日下旧闻考》卷四十三）

为什么关公庙这么红火？正阳门的关公庙又有什么灵验的传说

呢？今天我们就读一篇专门为正阳门关公庙撰写的文章——明朝著名学者焦竑的《汉前将军关侯正阳门庙碑》。限于篇幅，这里只节录这篇文章的前半部分：

　　正阳门庙者，祀汉前将军关侯作也。侯庙祀遍天下，而称正阳门者，为都城作也。侯名在百世，封号在累朝，而称汉前将军者，侯志也。

　　侯方崎岖草泽中，以一旅之微卒，能佐汉，扶将倾之鼎，摧强破敌，威震天下，可不谓雄哉！及艰危之际，矢死不回，以毕其所志，此其人与孔子所称"杀身成仁"者，岂有异也？古忠臣烈士，

正阳门前东西两侧的观音庙和关公庙

欲有立而中废者，其未竟之志，郁于生前，未尝不赫赫于后世。矧侯之节，皎然与日月争光者哉！

余行天下，顾瞻庙庭，叹蜀至今千三百年，事之废兴磨灭者，不可胜数。独侯之祠，荒边夷徼，在所有之，而芸夫牧竖、妇人女子，咸奔走恐后，可谓盛已！

都城自奠鼎以来，人物辐辏，绾四方之毂，凡有谋者，必祷焉，曰吉而后从事。中间销沮奸谋、振发忠义，以助成圣化者非细。呜呼！为君子而谋，有同《易》筮；拒不正之问，无殊严卜。非盛德其畴能之！国朝受命宅中，百灵效职，乃太微营室之间，侯实居之，俨如环卫。盖四方以京师为辰极，而京师以侯为指南，事神其可不恭！

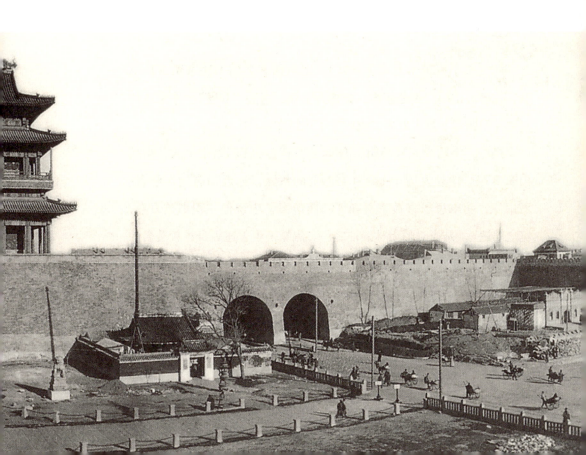

董其昌所书《汉前将军关侯正阳门庙碑》帖（局部）

　　此文作于万历十九年（1591），由明朝著名的书法家董其昌书写，立碑于正阳门关公庙内，被视为文章、书法"双璧"。在焦竑的别集《澹园集》卷十九中，也收录了这篇文章。

　　焦竑，字弱侯，号漪园、澹园，江宁（今江苏南京）人，祖籍山东日照。他是万历十七年（1589）的状元，远近知名的大学者、藏书家，明末思想家黄宗羲在《明儒学案》中说他"积书数万卷，览之略遍"，是当时的士林领袖之一。焦竑平生著述等身，较著名的传世代表作即有《澹园集》（正、续编）、《焦氏笔乘》、《焦氏类林》、《国朝献征录》、《国史经籍志》、《老子翼》、《庄子翼》、《玉堂丛语》、《四书直解指南》等，经史子集无不涉猎。这篇《汉前将军关侯正阳门庙碑》创作于这位状元郎在翰林院任修撰之际，很好地反映了宋明以来中国社会上下对关羽（约160—220）的崇拜，也得到了后世文献的高度推崇和反复征引，颇值一读。

英雄生平多传奇

在《汉前将军关侯正阳门庙碑》开篇，焦竑先做了一番解题，解释为什么这篇碑文要以"汉前将军关侯正阳门庙"命名："正阳门庙者，祀汉前将军关侯作也。侯庙祀遍天下，而称正阳门者，为都城作也。侯名在百世，封号在累朝，而称汉前将军者，侯志也。"称"汉前将军关侯"，体现的是对关羽生前事迹和志向的尊重；在正阳门立庙祭祀关侯，体现的是天下官民对关羽的尊崇和神化；专为正阳门关侯庙写文章，体现的则是这位"神灵"与都城北京的密切联系。开篇"解题"中的这三点，也就构成了整篇文章的主题。

所以接下来，焦竑就以赞颂的语气，简要概述了关羽的生平，尤其是他受到后世敬仰的一些经历。例如关羽出身低微，却英勇善战，扬名天下。《三国志·蜀书·关羽传》载："关羽字云长，本字长生，河东解人也。亡命奔涿郡。先主于乡里合徒众，而羽与张飞为之御侮。"关羽在遇到刘备之前，是个没有任何背景的逃亡之人，与张飞共同保护的刘备，也无非是个靠"贩履织席"起家的穷苦皇族。按照焦竑的说法，"侯方崎岖草泽中"，起初只是"一旅之微卒"。但关羽凭借自己出众的才能，"摧强破敌，威震天下"，独镇一方。即使在龙争虎斗、人才辈出的三国时代，像关羽这样能令曹操、孙权都忌惮三分的大英雄，也是凤毛麟角。所以焦竑说："可

正阳门关公庙内关公像

不谓雄哉！"关羽在万马军中斩杀颜良，解围白马；刮骨疗毒，谈笑自若；水淹七军，斩庞德、降于禁，吓得曹操"议徙许都以避其锐"，差点迁都避险。这样白手起家、战功赫赫的英雄人物，自然令人仰慕和追捧。

除了英勇善战，关羽的生平故事中还有传奇之处，就是他对刘备的忠诚和信义。《三国志·关羽传》载："建安五年，曹公东征，先主奔袁绍。曹公禽羽以归，拜为偏将军，礼之甚厚。……曹公即表封羽为汉寿亭侯。初，曹公壮羽为人，而察其心神无久留之意，谓张辽曰：'卿试以情问之。'既而辽以问羽，羽叹曰：'吾极知曹公待我厚，然吾受刘将军厚恩，誓以共死，不可背之。吾终不留，吾要当立效以报曹公乃去。'辽以羽言报曹公，曹公义之。及羽杀颜良，曹公知其必去，重加赏赐。羽尽封其所赐，拜书告辞，而奔先主于袁军。"被擒之后，关羽一方面斩敌立功以回报曹操，一方面不恋富贵、不忘旧主；而刘备此后也没有因关羽降曹的经历而疑心生隙，而是将镇守荆州的重任交给他，甚至"假节钺"，即给予关羽符节和斧钺，意谓给予他生杀决断之大权。这样的情谊，在背信弃义、尔虞我诈的三国乱世尤为难得。关羽也就成为"忠义"形象的代表，焦竑说他"能佐汉，扶将倾之鼎""及艰危之际，矢死不回"，都是对关羽这种忠义精神的肯定。

后世官民崇关公

关公的英雄事迹从三国两晋时就广为流传，但当时对关公的评价并不是特别高。例如在《三国志·蜀书》中，关羽的传记在单独成卷的《诸葛亮传》之后，而且还是与张飞、马超、黄忠、赵云合传（《关张马黄赵传》）。对关公的神化崇拜是到宋朝以后才繁盛起来的。因为西晋继承的是曹魏的政治遗产，将蜀汉视为非正统的政权，整体倾向都是"尊魏抑蜀"，所以西晋陈寿编写的《三国志》，对于刘备集团的大将关羽自然也不会评价很高。何况关羽失守荆州，兵败身亡，蜀后主刘禅对他的追谥是"壮缪侯"，也不认为他是个完美的人物。

到了宋朝，情况发生了变化。宋与辽、金南北分治，为了彰显自己政权的合法性，更加推崇蜀汉偏安政权，强调刘备政权与汉王朝的渊源及其正统性。随着理学思想的发展，忠孝节义等道德观也被不断强化，关羽便成了扶助汉室、忠义高洁的代表。所以北宋末年，宋徽宗接连加封关羽，陆续将他封为"忠惠公""武安王""义勇武安王"。

元、明、清三代，随着"关公崇拜"的日益增强，官方也不断给这位已经逝去千年的武将"加官晋爵"。关羽从"侯"升为"公"，升为"王"，继而成为"帝君""大帝"。例如明朝万历皇帝追封关羽为"三界伏魔大帝神威远镇天尊"，《燕都游览志》中还特意说明，"旨由中出，未尝从词臣拟定也"，是皇帝亲自拟定的尊号，不是文臣代笔。凭借"皎然与日月争光"的节操品行，这样一位"未竟之志，郁于生前"的"忠臣烈士"，终于"赫赫于后世"。

除了官方，民间对关羽的崇拜也逐渐升温。比如元朝的大剧作家关汉卿就根据民间传说，编创了《关大王独赴单刀会》的杂剧剧目；家喻户晓的历史小说《三国演义》更演绎出"温酒斩华雄""过五关斩六将""华容道义释曹操"等精彩的故事，强化了关羽武艺高强、义薄云天的形象。

正阳门关公庙内赤兔马与周仓像

　　几百年间，关公庙遍布大江南北，关公的形象成为五行八作诸多行业的守护神。据明朝沈榜《宛署杂记》记载，当时仅北京城内，著名的关公庙就有五十来座。焦竑在碑文中不无感慨地说："余行天下，顾瞻庙庭，叹蜀至今千三百年，事之废兴磨灭者，不可胜数。独侯之祠，荒边夷徼，在所有之，而芸夫牧竖、妇人女子，咸奔走恐后，可谓盛已！"千百年来中华大地上涌现出多少英雄，多少名冠一时的英雄都在历史长河中被人淡忘；只有关羽的盛名越传越广，即使在穷乡僻壤，也是妇孺皆知的"武圣人"，甚至演化成神灵，受人祈祷和膜拜。

抑恶扬善树正气

随着"关公崇拜"的强化，一些关公"显圣""灵验"的传说也在民间传播开来。这些传说反过来又进一步强化了人们对关公的崇拜，形成循环。就拿正阳门的关公庙来说，明朝的时候就流传过一个"关公显圣"的故事。按《帝京景物略·关帝庙》记载的明末传说，正阳门关公庙的兴建，与明成祖亲征蒙古有关。"先是，成祖北征本雅失理，经阔滦海，至斡难河，击败阿鲁台。军前每见沙蒙雾霭中，有神，前我军驱，其巾袍刀仗，貌色髯影，果然关公也，独所跨马白。凯还，燕市先传，车驾北发日，一居民所畜白

民国时正阳门关公庙外景

马，晨出立庭中，不动不食，晡则喘汗，定乃食，回蹄则止。事闻，乃敕崇祀。"明成祖率领大军远征沙漠，正当尘雾缭绕、不辨方向之际，前方不远处忽然影影绰绰显出一位将军，面如重枣，长须飘飘，手执大刀，威风凛凛，俨然就是传说中关公的形象，带领大军走出沙漠。怎么知道"显圣"立功的这位"关公"，就是来自北京正阳门的关庙呢？因为这位神将胯下的战马不是传说中的赤兔马，而是一匹白马，正好当时北京居民人家中，有一匹白马出现异状，每天从一早就在院子里呆立不动，下午的时候开始喘粗气、冒汗，晚上才吃东西，从御驾出征离京起开始犯这个毛病，等成祖回京就好了。就是因为听说了这件事，明成祖认定是正阳门关庙的关公"显圣"，开始隆重祭祀。

从科学角度看，这个故事疑点重重，很可能是后人附会杜撰的，完全经不起推敲。但这个迷信故事反映出人们对正阳门关庙的信奉和尊崇，却是不争的事实。旧时北京民间就有"灵签第一推关帝，更向前门洞里求"的说法。焦竑说："都城自奠鼎以来，人物辐辏，绾四方之毂，凡有谋者，必祷焉，曰吉而后从事。"《帝京景物略》也说："关庙自古今，遍华夷；其祠于京畿也，鼓钟接闻，又岁有增焉，又月有增焉。而独著正阳门庙者，以门于宸居近，左宗庙、右社稷之间，朝廷岁一命祀，万国朝者退必谒，辐辏者至必祈祷也。"全国那么多关公庙，北京城那么多关公庙，只有正阳门这座位于都城正门，无论是皇家天子，还是贩夫走卒，无论是外国使臣，还是当地居民，都相信这位神灵的公正无私，都希望得到他的庇护。

焦竑甚至相信，正阳门的这位关公就像当年守护刘备那样守卫

正阳门箭楼夜景

京城和国家，甚至"销沮奸谋、振发忠义，以助成圣化"，"为君子而谋，有同《易》筮；拒不正之问，无殊严卜"，会在人们祈祷占卜时，"鼓励"那些正义的想法和行为，"阻止"或"警戒"那些不忠不义之事，减少社会的动荡，给善良的人们带来心理安慰。

无论关羽的英雄故事在后世有怎样离奇的演绎，无论有关关公的迷信传说如何荒诞不经，中国古代社会对关公的推崇，凸显的是人们对于忠诚、信义和勇气的追求，也体现了人们对和平安定、国富民强的向往。正阳门瓮城和关庙，如今早已荡然无存；焦竑的《汉前将军关侯正阳门庙碑》，不仅记录了北京中轴线上一段精彩的历史，而且留下了中国人民对英雄的崇拜，对正义的坚持，对国泰民安的美好祝愿。

九流云集棋盘街

——读陈宗蕃《燕都丛考》

《燕都丛考》寻"棋盘"

过了正阳门城楼再往北，就是北京中轴线上最开阔的地点——天安门广场了。广场南侧毛主席纪念堂的位置，曾经有一座"国门"，明朝称为"大明门"，清朝称为"大清门"，进入中华民国后改称"中华门"。有人将这道门视为皇城正南门，因为这道门之内，是一座"T"字形的宫廷广场，只有皇亲国戚和朝廷官员能够进，庶民百姓只能在门外止步。于是门外至正阳门城楼之间的区域，也就是"棋盘街"，便成了一座"平民广场"，三教九流穿梭云集，格外热闹。

如今，封建社会的"天子"早已搬出紫禁城，"天子五门"的封建礼制更无须附会遵循。中华门被拆除后，曾经的宫廷广场千步廊与平民广场棋盘街连成一片，变成属于全体中国人民的天安门广场。

民国时期的中华门和棋盘街

如果我们想要了解棋盘街明清时期的风貌，能去哪里寻找呢？当然
啦，许多古籍，例如明代的《长安客话》、清代的《日下旧闻考》，
都对棋盘街有所记载，只是都不够多、不够全。最理想的文献，莫
过于陈宗蕃（1879—1954）的《燕都丛考》了。

在《燕都丛考》中，陈宗蕃先用自己的语言，概述了棋盘街的
位置、旧日风貌及现状：

正阳门之北，中华门之南，为棋盘街。昔时四围列肆，百货云
集，又名千步廊。朝会时为护卫驻足之地。今则石阑周遭，空旷清
廓，两旁为入东、西城孔道，中间仅为行人散步之所。

　　然后他以附注的形式，一一征引前代文献中对棋盘街、千步廊等地点的记载或考证，包括《日下旧闻考》《东华录》《宸垣识略》《长安客话》《查溥诗钞》《析津志》《光绪顺天府志》《燕都游览志》《桃花圣解庵日记》等多部重要的北京历史文献中的原文，将历代的变迁、观点的异同一并呈现给读者。附注之后，则是陈宗蕃的按语，对前人的说法进行补充说明，包括提供细节、追述近代变迁、描绘当时景物等。限于篇幅，这里无法将附注和按语全部引录。让我们根据陈宗蕃的指引，回顾当年的棋盘街，看看今日的天安门广场与旧日中轴线上的广场有何异同。

黄金地带买卖多

　　陈宗蕃说棋盘街"昔时四围列肆，百货云集"，虽非他亲眼所见，但附注中援引的历代文献可以证明。例如明朝蒋一葵所著《长安客话》在描述棋盘街时，就说"天下士民工贾，各以牒至，云集于斯，肩摩毂击，竟日喧嚣，此亦见国门丰豫之景"。清朝吴长元编著的《宸垣识略》也说"棋盘街四围列肆，长廊百货云集"。人多、货多、商家多。

　　为什么当年的棋盘街如此热闹呢？无非还是地理位置好。南北而论，棋盘街是京城与皇城的交接地带，进了大明门或大清门，就是五府六部，文武百官日常办公理政的地方，所以很多官吏日常上下班从此经过，买些点心，会个同僚，雇个脚夫，都是常有的事。东西而论，棋盘街正处在北京城中轴线上，由于南至大明门（大清门）、北至地安门都是皇家禁区，普通百姓要想从京城正东朝阳门附近走到正西阜成门附近，要么就得往北绕行地安门外，要么就得往南绕行棋盘街，路上打个尖儿、喝口水、买点儿探亲访友的"手信"，也都是常有的事。有市场就有商机，这么个黄金宝地，当然不会让聪明的生意人错过。难怪士农工商云集棋盘街，百货荟萃，市声鼎沸，车水马龙，络绎不绝。

不过陈宗蕃说棋盘街"又名千步廊"，这是沿用了吴长元在《宸

晚清的棋盘街

垣识略》中的说法，可似乎这一点尚存争议。《燕都丛考》在附注中罗列了前人的记载和考证，比如引《宸垣识略》卷五的说法："棋盘街四围列肆，长廊百货云集，又名千步廊。元欧阳原功诗：'丽正门当千步街'。则千步廊为阛阓之所明矣。今大清门外，居人犹仍此名。""阛阓"就是街市的意思。吴长元指出元朝"千步廊"在大都南城门丽正门之内，这一点是正确的。陈宗蕃也征引了元朝熊梦祥编著的《析津志》，其中就有"出周桥、灵星三门，外分三道，中千

棋盘街东侧的"千步廊"

步廊街，出丽正门"的说法；此外佚名《大都宫殿考》中也有"南丽正门内千步廊可七百步，建灵星门"的记载，与欧阳原功、熊梦祥的说法吻合。但吴长元认为清朝棋盘街东西两侧的单排长屋就是元朝的"千步廊"，却是张冠李戴了。因为元朝丽正门的位置，与明清两朝的正阳门位置并不重合，所以《光绪顺天府志》考证说："丽正门当与今长安街相近，所谓千步廊者，未必即在今棋盘街之地。"元朝"丽正门内"的千步廊，也并非清朝棋盘街的位置。《析津志》中记载"千步廊街"和"棋盘街"是两条不同的"长街"，也说明元朝的千步廊与棋盘街并不是同一条街。按清朝官方的说法，"千步廊"指大清门以内的从南向北的六部班房，与棋盘街上的东西两侧一字排开的商铺毫无瓜葛。尽管如此，棋盘街的店铺长屋东西各十间连排，甚至被人误当作"千步廊"，这已足以说明这片区域在商业领域的繁荣了。

白日追星晚赏月

得天独厚的地理位置，无拘无束的宽阔空间，成就了棋盘街独特的风景线。在这里，既可以看到出城祭天或巡游的皇帝、即将入宫大婚的皇后新娘，也可以看到为生计奔波的贩夫走卒、出入京城的平民百姓，还可以看到下朝聚饮的朝廷命官、挑书访古的文人学者。不同阶层、不同背景的人共享棋盘街，成为彼此眼中的风景。陈宗蕃在附注中就提到了两件事：一是明朝孙国敉（1584—1651）在《燕都游览志》中记载的朝会大典，"棋盘街直宫禁大明门之前，

清代的大清门与棋盘街

每朝会诸大典，京营将先期领营军护卫，驻足其中，树帜甚盛”，禁卫军驻守在棋盘街，旌旗蔽日，威风凛凛，好不气派！二是晚清李慈铭在《桃花圣解庵日记》中记载的光绪皇帝大婚，“皇后奁具由大清门迎入大内，士女拥观，棋盘街左右以填道，久屏车骑，京官皆由宣武门出入矣”，过嫁妆的时候，在大清门前围观的男女百姓把棋盘街挤得水泄不通，官员进城办公都不得不绕道宣武门。如今的天安门广场，尽管没有了商贩店铺，可同样是全国各族人民欢聚一堂的理想场所。

明清时期的棋盘街，白天是一个买卖交易和围观名人的好场所，晚上还有另一大绝佳功用：赏月。陈宗蕃自己在按语中写道：“天街步月，犹为胜景。"究其原因，无非是棋盘街这个公共广场宽敞开阔，没有密密麻麻的民房。孙国敉在《燕都游览志》中说："若乃天街步月，虽城中多旷，观乎此属第一。"清朝乾隆年间汪启淑在《水曹清暇录》卷十六中也说："棋盘街即正阳门内大清门前街也，盖以方石砌成，故名。都城人烟凑密，惟此处宽爽，秋夜月明，恍如瑶池瑶海。"在房屋鳞次栉比的北京城，只有棋盘街空旷宽爽，举头望天，四野辽阔，明月当空，脚下石砖晶亮反光，茫茫大地一片洁白。

如此月夜胜景，宦游京城的文臣学士们当然不会错过，不少名人雅士留下了描写棋盘街月色的诗篇。例如清初著名学者钱谦益（1582—1664）在《牧斋有学集》卷十中就有一首《棋盘街》，开篇即云"天街白月净如扫"，用一个"净"字来描绘棋盘街的皎洁月光，并用"如扫"来强调这个"净"字，可谓神来之笔。"清初六家"之一的著名诗人查慎行（1650—1727）则在《杂咏诗》中专门记述了棋盘街赏月的经历："棋盘街阔静无尘，百货初收百戏陈。向夜月明真似海，参差宫殿涌金银。"用大海来比喻月光，也颇有神韵。诗人看似随意的一句"百货初收百戏陈"，却道出了前人之所未道，为我们描绘出棋盘街的夜景：日落之后，商铺打烊、小贩归家，但棋盘街的喧嚣却远未结束，夜场戏班纷纷登场，为饮酒赏月的大人们表演助兴。

近代变迁话"丛考"

《燕都丛考》旁征博引，为我们呈现出了昔日棋盘街的繁华。可惜这样的热闹场面，陈宗蕃本人并没有见到。因为在清末的庚子（1900）事变中，毗邻使馆区的棋盘街不幸遇火，东西两侧的连排店铺也毁于一旦，此后再未复原。而陈宗蕃进京赴考，已是几年后的事了。

陈宗蕃，字莼衷，福建闽侯人。光绪三十年（1904），年仅二十五岁的他考中进士，后官费留学日本，在东京帝国大学学习法政经济，宣统二年（1910）毕业回国后在邮传部任职。辛亥革命后，历任国务院参事、中华懋业银行北京行经理、银行公会秘书及北平市参议员等职。1938年以后，主要从事讲学和研究工作。中华人民共和国成立后，在中央文史研究馆工作。主要著述有《燕都丛考》《淑园文存》《新北京赋》等。

《燕都丛考》共分三编，其中第一编初版于民国十九年（1930），修订再版于民国二十四年（1935），第二、三编初版于民国二十年（1931）。这部书全面系统记述古代至民国前期北京城的变迁，第一编总论建置沿革及城池、宫室、苑囿、坛庙等建筑，第二编专载内城街市，第三编专载外城街市。陈宗蕃学兼中西，编写《燕都丛考》时，已经"居京师前后几三十年"，对故都北京很有感情。因此他下了很大功夫，一方面广泛收集史料，征引了两百余种各类书籍报刊，另一方面亲自实地踏访，记录每条街巷胡同的沧桑变迁，为后人留下了珍贵的历史记录。《燕都丛考》尽管编撰于民国时期，但全书以文言行文，而且继承了清代乾嘉考据学注重实学、善于搜罗文献、体例严谨的学术风尚，为我们领略民国的文言学术笔记提供了一个绝佳的窗口。

对于棋盘街在20世纪30年代的状况，陈宗蕃以按语的方式进

民国时期的棋盘街花园

行了描述："今东面为美国操场，西面亦仅商店数家，千步廊更无可考，惟周围石阑尚存。井二，俗谓之龙眼者，轴辘依旧。石阑之内，杂植树木，黄槐绿柳，夹道环列。天街步月，犹为胜景。"玉石栏杆是清朝鼎盛时期的见证，据《日下旧闻考》载，"乾隆四十年修葺，周围石阑，以崇体制"。曾经的帝国光辉、市井繁华，早已烟消云散，棋盘街在民国初期被改建为绿地花园，新中国成立后又成为天安门广场的一部分。中轴线上的这方广场，见证了中国在西方列强的侵略下沦为半殖民地的耻辱历史，也见证了一代代志士前仆后继，带领中国人民走向现代化和民族复兴的光辉历程。

第三辑

金水红门

西风东渐　张维志绘

颁诏共和天安门
——读《清帝退位诏书》

天安门前颁诏书

过了天安门广场和长安街，就能看到红墙金瓦、巍峨壮丽的天安门城楼屹立桥北眼前。今天的天安门城楼，不仅是北京中轴线的中心，更是中华人民共和国的政治中心，伟大祖国的国家象征。这座城门在明朝时叫作"承天门"，清初顺治八年（1651）经历过重修，改名"天安门"，沿用至今。这座重檐歇山顶的城门设有券门五阙，被视为皇城的正门。在明清两代封建王朝，这座门楼都有一个重要的功用：颁诏。

所谓"颁诏"，就是将皇帝签发的诏书当众宣读，颁示全国。颁诏的仪式在天安门外举行，这样代表普通百姓的"耆老"也能参与。据《大清会典则例》卷六十二记载，颁诏之日，"王以下、公以上咸朝服，齐集于午门内；满汉文武各官咸朝服，齐集于午门外；领催、外郎、耆老等齐集于天安门外"。王、公等有高级爵位的人在宫城以里的午门内集合等候，一般文武官员在午门以外、端门以内等候，而不入流的低级文武官员以及"耆老"，则只能在天安门外集合。所谓"耆老"，原意是指老年人，《礼记·曲礼》中有"六十曰耆""七十曰老"的说法，但一般认为这里参加仪式的"耆老"并非年纪大的普通百姓，而是经过挑选的、退休"致仕"的官员，只是作为"百姓"的代表而已。天安门是皇城的南门，皇城以内，原则上不许普通百姓进入，因此"颁诏"典礼要在天安门外举行。

清朝初年，原本诏书是放在"云盘"内，"云盘"放在"龙亭"

今日的天安门城楼及外金水河

清末民初的天安门城楼

内，由校尉从午门抬到天安门南，"设宣诏高台于天安门外"，在临时搭建的高台上宣读诏书。后来乾隆皇帝别出心裁，增加了一个"金凤颁诏"的"噱头"。事先制作好一只"颁诏金凤"，配以"朵云"："凤高二尺一寸五分，长四尺七寸；护云长五尺一寸，前阔一尺八寸五分，后阔七寸；承诏朵云，阔三尺四寸。均用钑铜饰金，凤口衔明黄丝组，悬以朵云，转轴而下。"（《大清会典则例》卷一百三十六）宣诏之前，"工部前期设金凤于天安门上正中，设宣诏台于门上东第一楹"，之后"诏由午门奉出，至天安门上听诏"，在高高的天安门城楼上居高临下地宣读诏书，而"百官、耆老等分翼排班于金水桥南，跪听宣诏"，强化了封建等级的尊卑高下之别。宣诏之后，"奉诏官将诏书衔以金凤，承以朵云，由天安门上系下"，仿佛"从天而降"的样子。清朝学者毛奇龄曾作《天安门颁诏》诗，其中就有"幡悬木凤衔书舞，仗立金鸡下赦来"之句。

天安门"颁诏"的仪式如此隆重，一般只有在皇帝登基、册封皇后等场合才会举行。这本是封建王朝标榜阶级统治的象征，繁文缛节，乏善可陈。只有一次"颁诏"，可以算作中国历史上一件惊天动地的大事。这就是宣统三年十二月二十五日（1912年2月12日），天安门最后一次举行颁诏，颁布由隆裕皇太后签发的清帝退位诏书。

根据《宣统政纪》卷七十记载，这一天颁发了多份诏书及相关文件，其中以第一份诏书意义最大，咱们今天就来读一读这篇文章：

奉旨：朕钦奉隆裕皇太后懿旨：

前因民军起事，各省相应，九夏沸腾，生灵涂炭，特命袁世凯遣员与民军代表讨论大局，议开国会，公决政体。两月以来，尚无确当办法，南北暌隔，彼此相持，商辍于途，士露于野，徒以国体一日不决，故民生一日不安。

今全国人民心理，多倾向共和，南中各省既倡议于前，北方诸将亦主张于后，人心所向，天命可知。予亦何忍因一姓之尊荣，拂兆民之好恶？是用外观大势，内审舆情，特率皇帝将统治权公诸全国，定为共和立宪国体，近慰海内厌乱望治之心，远协古圣天下为公之义。

袁世凯前经资政院选举为总理大臣，当兹新旧代谢之际，宜有南北统一之方，即由袁世凯以全权组织临时共和政府，与民军协商统一办法。总期人民安堵，海宇义安，仍合满、汉、蒙、回、藏五族完全领土，为一大中华民国，予与皇帝得以退处宽闲，优游岁月，长受国民之优礼，亲见郅治之告成，岂不懿欤？钦此。

　　宣统三年十二月二十五日。

张謇拟稿促退位

　　诏书开篇说"朕钦奉隆裕皇太后懿旨"，意思是这份退位诏书名义上的颁发者，是清朝末代皇帝、时年六周岁的溥仪，以及垂帘听政的隆裕太后（光绪皇帝的皇后）。然而实际上，这篇诏书却是在张謇（1853—1926）草拟的基础上，由袁世凯修改后定型的。在《张謇全集》中，收录一篇张謇草拟、以隆裕太后口吻行文的《内阁复电》：

　　前因民军起事，各省响应，九夏沸腾，生灵涂炭，特命袁世凯为全权大臣，遣派专使与民军代表讨论大局，议开国民会议，公决政体。乃旬月以来，尚无确当办法，南北暌隔，彼此相持，商辍于途，士露于野，徒以政体一日不决，故民生一日不安。

　　予惟全国人民心理，既已趋向共和，大势所趋，关于时会，人心如此，天命可知。更何忍移帝位一姓之尊荣，拂亿兆国民之好恶？予当即日率皇帝逊位，所有从前皇帝统治国家政权，悉行完全让与，听我国民合满、汉、蒙、回、藏五族，共同组织民主立宪政治。其北京、直隶、山东、河南、东三省、新疆，以及伊犁、内外蒙古、青海、前后藏等处，应如何联合一体，着袁世凯以全权与民军协商办理，务使全国一致治于大同，蔚成共和郅治，予与皇帝有厚望焉。

老年张謇

如果与《清帝退位诏书》对读就可以发现，清帝的退位诏书，从谋篇布局到遣词造句，大量照搬了张謇拟《内阁复电》的内容。例如谈到"民军起事，各省响应，九夏沸腾，生灵涂炭"，武昌起义等情况；谈到由袁世凯代表北方派人参与南北议和，但"南北暌隔，彼此相持，商辍于途，士露于野"，谈判陷入僵局，民生也受到影响；谈到全国人民在心理上"趋向共和"，皇帝应该退位让权，结束"帝位一姓之尊荣"的专制统治；谈到国家疆土不仅包括传统的中原地区，而且也包括东三省、新疆、蒙古、青海、西藏等少数民族聚居的地区；等等。

为什么张謇的草稿能够被采用呢？这就要谈到张謇的特殊身份，以及他在辛亥革命中所起到的重要作用了。张謇，字季直，号啬庵，江苏南通人，是中国近代史上著名的实业家、政治家。张謇是光绪二十年（1894）的状元，授翰林院修撰。次年中日甲午战争失利，张謇投身实业，奉张之洞之命在南通创办大生纱厂，是中国历史上"状元办厂"的第一人。宣统元年（1909），张謇被公推为江苏谘议局议长，此后作为立宪派的代表人物，于宣统二年（1910）多次发起"国会请愿活动"，呼吁清廷召开国会、颁布宪法，实行君主立宪制，是能够与清廷直接对话、沟通的重要政治人物。辛亥革命后，张謇意识到清廷大势已去，转向共和，作为南方的代表敦促南北停战议和，实行共和制。利用他"状元实业家"的特殊身份，张謇游刃有余地周旋于革命派、清廷和袁世凯之间，对清帝退位、建立共和起到了关键作用。民国元年（1912）南京政府成立后，张謇曾任实业总长，同年改任北洋政府农商总长兼全国水利总长。民国四年（1915），因袁世凯接受日本提出的"二十一条"部分要求，张謇愤然辞职。张謇一生践行"实业救国"的主张，努力振兴民族工商业，办工厂、建学校，但他的毕生心血大生纱厂在民国十一年（1922）的棉纺织业危机中全面崩盘，走向衰落。民国十五年（1926），张謇病逝于南通。

张謇拟《内阁复电》中的内容，反映了辛亥革命后南北议和期间，南方革命阵营的主张，即保障和平，废除帝制，建立共和政体，维护民族团结。早在宣统三年（1911）11月，武昌起义一个月后，张謇就与伍廷芳、唐文治、温宗尧一道，联名敦促当时清廷的监国摄政王载沣放弃帝制，认同共和，说："大势所在，非共和无以免生灵之涂炭，保满汉之和平。国民心理既同，外人之有识者议论亦无异致，是君主立宪政体，断难相容于此后之中国。为皇上、殿下计，正宜以尧舜自待，为天下得人。倘荷幡然改悟，共赞共和，以世界文明公恕之道待国民，国民必能以安富尊荣之礼报皇室，不特为安全满旗而已。否则战祸蔓延，积毒弥甚，北军既惨无人理，大位又岂能独存？"在给庆亲王奕劻的信中，他也希望奕劻能"致君于尧舜之揖让，与民享共和之幸福，则皇室不失其尊荣，生灵得免于涂炭"。这番说辞占据了几个道德制高点：首先，就是革命派反复强调的，希望避免兵戎相见导致生灵涂炭，"否则战祸蔓延，积毒弥甚"，两败俱伤；其次，就是"保满汉之和平"，缓解当时日益紧张的民族矛盾，以和平退位换取"安全满旗"，避免民族之间的仇恨升级；最后，这几位学贯中西的政治家利用传统的儒家观念作为游说手段，反复强调"尧舜之揖让"，美化主动"退位"的举动，相当于给清廷一个"台阶"下。无论如何，共和已是大势所趋。

窃权改文袁世凯

在张謇拟《内阁复电》中，已经可以看出南方阵营中的立宪派和旧官僚对袁世凯的拥护。例如"着袁世凯以全权与民军协商办理"云云，说明张謇等人希望袁世凯能获得更大权力，并在迫使清帝退位这一重要环节发挥作用。但袁世凯在帝国主义列强支持下，一方面利用革命党胁迫清廷，另一方面又利用清廷向南方阵营讨价还价，攫取更大权力。在袁世凯的改动下，《清帝退位诏书》较之张謇所草拟的初稿，又有了许多细节上的变化。

首先，最明显的改动，就是强化了袁世凯的权力。张謇只是建议"着袁世凯以全权与民军协商办理，务使全国一致治于大同，蔚成共和郅治"，袁世凯只是全权的谈判代表，至于促成共和后是什么地位、有什么权力，并没有说明。但正式的退位诏书则特意改作："袁世凯前经资政院选举为总理大臣，当兹新旧代谢之际，宜有南北统一之方，即由袁世凯以全权组织临时共和政府，与民军协商统一

庚子事变时列强军队在天安门前集结

办法。"不仅暗示了袁世凯是"众望所归",也是"新旧代谢""南北统一"的关键人物,而且还明确指出由袁世凯全权组织临时政府,相当于借逊帝溥仪之名,赋予了袁世凯在新政府中的权力。

其次,《清帝退位诏书》在行文中,有意淡化了"共和"和"民主"的意义。例如将"全国人民心理,既已趋向共和"改为"今全国人民心理,多倾向共和",无形中否认了共和制实为大势所趋。又如，张謇的拟稿中有"予当即日率皇帝逊位，所有从前皇帝统治国家政权，悉行完全让与，听我国民合满、汉、蒙、回、藏五族，共同组织民主立宪政治"的表述，明确指出国家政权全部属于各族人民，而正式诏书中则改为"特率皇帝将统治权公诸全国，定为共和立宪国体"，只说了"公诸全国"，国体是"共和立宪"，"国民""民主"等字眼都消失了。还有，正式诏书删去"务使全国一致洽于大同，蔚成共和郅治"，改为"总期人民安堵，海宇乂安，仍合满、汉、蒙、回、藏五族完全领土，为一大中华民国"，侧重强调和平，同时淡化"大同""共和"。这些"小动作"，透露出袁世凯以支持"共和"为幌子，希图推翻清王朝、自己称帝的野心。

再次，正式的退位诏书中，增加了与优待清皇室相关的文字："予与皇帝得以退处宽闲，优游岁月，长受国民之优礼，亲见郅治之告成，岂不懿欤？"这是张謇的拟稿中所没有的，原稿最后只是说"蔚成共和郅治，予与皇帝有厚望焉"。对清皇室的优待条款，是清廷通过袁世凯与南方革命阵营博弈的产物。不过从伍廷芳、张謇等人给载沣、奕劻的信中也可看出，"国民必能以安富尊荣之礼报皇室"，"皇室不失其尊荣"，只要能够让清帝退位，给予清皇室一些优待政策也是可以接受的。

和平统一迎未来

《清帝退位诏书》是天安门经历的最后一次"颁诏"，同时也意味着中华民族从此迎来崭新的篇章。无论袁世凯如何阳奉阴违、狡猾篡权，中华民族终于在内忧外患中推翻了延续两千余年的封建君主专制制度，走向共和时代。历史事实证明，共和政体确实是人心所向，从此以后，无论是袁世凯还是张勋、溥仪妄图复辟帝制等倒行逆施之举，注定不得人心，为人民所反对，为历史所唾弃。辛亥革命除旧布新，《清帝退位诏书》虽然是旧时代的丧钟，但它所代表的这一重大历史事件，还是有诸多值得探讨的积极意义。

举例来说，清帝退位，一定程度上维护了和平，避免了更大规模的伤亡。例如在清帝退位的第二份诏书中，就大篇幅地谈到了"保全民命"："古之君天下者，重在保全民命，不忍以养人者害人。现将新定国体，无非欲先弭大乱，期保乂安。若拂逆多数之民心，重启无穷之战祸，则大局决裂，残杀相寻，必演成种族之惨痛。将至九庙震惊，兆民荼毒，后祸何忍复言！两害相形，取其轻者。此正朝廷审时观变，恫瘝吾民之苦衷。凡尔京、外臣民，务当善体此意，为全局熟权利害，勿得挟虚矫之意气，逞偏激之空言，致国与民两受其害。"认为要避免由于政见、立场不同造成的民族决裂或相互残杀，消除战乱、保证和平是当务之急，甚至提醒"保皇党"们，不要意气用事，逞口舌之快，激化矛盾。尽管走向共和是清廷无法阻挡的大势所趋，但少一分伤亡，就是为尚处于半殖民地半封建社会的中国留一份希望的火种。

从当时的一些记载看，希望摆脱君主专制政体的中国面对着多种改革的方案，除了业已证明失败的君主立宪制，在共和政体中也存在单一制和联邦制两种形式。张謇在宣统三年（1911）11 月 6 日致袁世凯的电稿中曾说："旬日以来，采听东西南十余省之舆论，大

民国时期的外金水桥与天安门广场

数趋于共和。以汉、满、蒙、回、藏组成合众，美、法之人，固极
欢迎，即英、德、日、俄社会党人亦多鼓吹。而国内之响应者已见
六省，潮流所趋，莫可如何。"说明当时西方列强非常希望中国建立
像美国那样的联邦制"合众国"，强化各地的自治权力，从而更好
地操控四分五裂的中国。革命阵营中，也有不少人认同联邦制。所
以在张謇拟《内阁复电》中，只是说"其北京、直隶、山东、河南、
东三省、新疆，以及伊犁、内外蒙古、青海、前后藏等处，应如何
联合一体，着袁世凯以全权与民军协商办理"，意思是说，到底是

单一制共和还是联邦制共和，大家还没有达成统一意见，需要协商。而在《清帝退位诏书》中，则明确指出"仍合满、汉、蒙、回、藏五族完全领土，为一大中华民国"，不仅保障了领土主权的完整，而且明确建立多民族统一的单一制国家。

与《清帝退位诏书》同时颁布的，还有《关于大清皇帝辞位之后优待条件》《优待皇室条件》等文件。这些文件维护了清廷的特权，也为末代皇帝溥仪此后于1917年复辟称帝、抗日战争时期成为伪满洲国的傀儡皇帝等罪行埋下了隐患。不过，同时颁布的《满、蒙、回、藏各民族待遇》中，有"与汉人平等"等政策，显示了中华民国是由各民族共同组成的，彰显了民族平等的精神。

俱往矣！曾经的天安门，见证过中国近代史上的诸多耻辱，也见证过一代代中华儿女为独立复兴所付出的艰苦卓绝的努力。如今的天安门，还将迎来伟大祖国的光明未来！

玉河春柳舞翰林

——读毕沅《玉河春柳词》

金水桥东转玉河

顺着天安门前的金水河往东走不远，就是菖蒲河公园。这座免费的街边公园并不算大，顾名思义，公园里的核心景观就是菖蒲河。"菖蒲河"是外金水河东段的别称，《日下旧闻考》卷四十考证明英宗在景泰年间被监禁的"小南城"，提到"西南为皇史宬，去菖蒲河牛郎桥不远"，可证菖蒲河就是指皇史宬以南的外金水河。"金水河"有两条，都流经中轴线，其中流经紫禁城内太和门前内金水桥的是"内金水河"，流经天安门外金水桥的则是"外金水河"。据《大清一统志》记载，"金水河"是元朝人起的名字，"以其自西门入，故名"。按照古人的五行观念，西方属金，所以从西流入的金水河之名由此得来。

那么"菖蒲河"的名字又是从何而来的呢？原来，外金水河中盛产菖蒲这种植物。明朝学者李蓘（1531—1609）曾有诗云："金

清末民初天安门外金水河

水河边莲欲花，菖蒲菱芡漾回沙。醉来风弄浮萍影，照见青天五色霞。"可知金水河内水生植物颇为丰富，莲花、菖蒲、菱角、芡实、浮萍，风行水上，摇曳生姿。中国古代民间社会认为菖蒲不仅清香驱虫，而且能辟邪防疫，所以大江南北都有端午节用菖蒲祛邪的传统。明末刘侗（1594—1637）、于奕正（1597—1636）合著的《帝京景物略》，就记载了北京当时的风俗：在农历五月初五这一天，"渍酒以菖蒲，插门以艾，涂耳鼻以雄黄，曰避虫毒"。此外，菖蒲叶色葱绿，秀丽清香，品种丰富，也有很高的观赏价值。天安门东侧的这段金水河，就被俗称作"菖蒲河"。

　　不过，在明清文人的笔下，"菖蒲河"这个名称却并不常见，他们更偏爱的，是"玉河"这个词。明朝孙国敉《燕都游览志》记载："玉河即西苑所受玉泉注入西湖，逶迤从御沟流而东，以注于大通河者。堤在东长安门翰林院东畔，有坊二，署曰玉河东西堤，其南北有三石梁。西堤旧有高柳，垂荫水面。"菖蒲河在皇城东南角折而向

今日菖蒲河

南，流经玉河北桥、中桥、南桥，过正阳门东侧玉河南墙外的水关，汇入护城河，向东流去。由于此水经皇宫御苑流出，所以常被称为"御河"或"玉河"。

玉河以及河堤上的垂柳，在明清士人的诗文作品中享有极高的"出镜率"。例如明朝吴宽（1435—1504）在《匏安家藏集》中有"节近清明杨柳新，玉河桥畔少车尘"之词，游潜《梦蕉存稿》中有"玉河清浅晓粼粼，绿漾平沙柳色新"之句，阁老刘珝（1426—1490）曾吟《御堤烟柳》诗，清朝翰林李孚青（1664—1715）专作《玉河新柳赋》……清朝著名学者毕沅（1730—1797）也曾作过一组《玉河春柳词》：

玉河春柳词（四首）

玉河冰泮水泠泠，杨柳千株傍浅汀。
毕竟九天春到早，百花朝已黛痕青。

万缕千条望欲迷，东风无力翠烟低。
红桥紫阁回环处，引出宫莺不住啼。

滴露拖烟长短条，春星原自列琼霄。
临流尽日从眠起，不似风尘惯折腰。

离恨无因到大罗，不须更唱渭城歌。
鳞鳞漾影银潢水，流向人间总绿波。

为什么吟咏玉河的诗赋如此之多呢？因为这条玉河有一位重要的"邻居"——翰林院。

人才济济翰林院

翰林院这个机构始设于唐朝，后来逐渐演变成专为皇帝起草机密制诏文书的机构。翰林院任职的官员，也被称作"翰林"。他们既是知识精英的代表，又是"天子近臣"，往往文笔出众，在明清两朝的社会地位非常高，甚至被称为"储相"，也就是参政核心圈的"预备队"。因为翰林院的很多官员都有亲身接触皇帝的机会，他们有时要当面听取皇帝的指令，以便草拟相应的公文，有时又要负责皇帝的"经筵日讲"——也就是给皇帝上课，讲授儒家经典，为皇帝提供治国理政的建议，并记录皇帝每天的办公纪要"起居录"。明宣宗朱瞻基（1399—1435）曾作《翰林院箴》，其中就有"咨尔儒臣，朝夕左右"等语。一来二去，这些翰林与皇帝的对话机会就多了，升迁的机会也就多了。

明朝建立以后，废除丞相职位，"内阁"成为向皇帝提供施政建议的核心机构，内阁首辅成为事实上的宰相，而内阁的组成人员就是从翰林院侍讲、侍读、编修、检讨中选拔的。明代中前期，内阁发放的官方文书仍署名"翰林院"。《明史·职官志》记载："至洪熙以后，杨士奇等加至师保，礼绝百僚，始不复署。正统七年，翰林院落成，学士钱习礼不设杨士奇、杨溥公座，曰'此非三公府也'，二杨以闻。乃命工部具椅案，礼部定位次，以内阁固翰林职也。"即使内阁的大臣们已不再实际管理翰林院的事务，但他们仍然是翰林院名义上的长官。六部正、副长官中，专管教育、礼仪的礼部"尚书、侍郎必由翰林"，专管官吏任命、考核的吏部"两侍郎必有一由于翰林"。

明朝中期以后，一方面是"非翰林不入内阁"，另一方面则是"非进士不入翰林"。绝大多数入选翰林院的人，都经

毕沅像

过了科举考试的层层选拔，文才、学问都是同辈之中的佼佼者，而且未来前途无量。就以毕沅为例，他字纕蘅，一字秋帆，自号灵岩山人，江苏镇洋（今江苏太仓）人。毕沅于乾隆二十五年（1760）高中状元，按惯例授为翰林院修撰，乾隆三十年（1765）升任翰林院侍读、日讲起居注官，此后出京外任，历任陕西按察使、布政使，陕西巡抚，河南巡抚，湖广总督等职。在玉河西岸的翰林院度过的五年时光，正是他日后平步青云、成为封疆大吏的起点。

翰林院外"万缕千条望欲迷"的水边杨柳，是毕沅再熟悉不过的玉河春光。据《日下旧闻考》考证，元朝的翰林院"屡经迁徙"，至顺年间（1330—1333）才固定下来，大致在元大都皇城以北、钟楼以西的区域，离皇城比较远。明初洪武、永乐年间，无论在南京还是北京，翰林们都没有专属的官署，而是在皇城内轮流值班。正

统七年（1442），才决定在"长安左门外玉河西岸"修建翰林院官署。这块地方，就在如今长安街以南、正义路北口西侧那一大片区域。从此，明清两代的翰林们有了修史、办公、集会的正规场所，他们在院落中修建亭台、栽种花木，同时给这座院落起了各种雅称："瀛洲""词林""玉堂"……院外的玉河也成了他们反复吟咏的对象，如"瀛洲池馆玉河东，斜对龙楼映日红"（清王鸿绪《燕京吊古》），"文光流绕玉河西，咫尺瀛洲路不迷"（清查慎行《查浦诗钞》），等等。毕沅的这组《玉河春柳词》，可以算作其中很有代表性的作品。

宫墙绿柳绘玉河

"毕竟九天春到早，百花朝已黛痕青"；"红桥紫阁回环处，引出

金水桥畔

宫莺不住啼"。明清两代很多文人描写玉河，总会联想到它与皇宫内苑的关系。在等级观念的影响下，他们甚至很荒唐地说，从皇宫里流出来的河水，也都带着"九重天"上的"仙气"，与众不同。读毕沅《玉河春柳词》中的前两首，仿佛皇上家的春天都到得比民间早，所以玉河的冰面刚刚融化，岸边的百花已经吐芽含苞了！青翠朦胧、如烟如醉的嫩柳，也只有搭配皇家的"红桥紫阁"才分外妖娆；连柳树上的黄莺，因为是"宫"里面飞出来的，啼叫声都格外悦耳呢！

这样的迂腐观念在今人看来愚昧可笑，但在古人诗赋中却屡见不鲜。明清不少诗人描写玉河，都首先想到神秘而"高贵"的皇宫。例如明朝阁老刘珝写《御堤烟柳》，同样表达了"玉河堤畔赤栏桥，高柳依依得春早"，"纷纷万卉足生意，自是皇家雨露深"的意思。清朝李孚青的《玉河新柳赋》，开篇就是"皇都春早，紫甸寒轻；苑花穿蝶，宫树流莺"，然后才切入主题，写到"披玉河之新柳，袅弱质之盈盈"，似乎紧邻皇城是"玉河新柳"最值得夸耀的特色。当然啦，有些人写玉河、夸宫树，也是为了凸显翰林院紧邻皇宫、位置重要，例如明朝程敏政（1445—1499）作《玉堂散直图》诗，描写每日值班的翰林们下班的场景，其中有"金殿当头玉堂署，十二朱廊隐宫树……门下斜连金水河，石桥五垒横蛟鼍"等句，显然就是在炫耀"玉堂署"翰林院就在"金殿当头"，翰林地位重要。

除了歌功颂德的陈词滥调，也有诗人专用笔墨描写玉河春柳的婀娜。像毕沅的《玉河春柳词》虽然只是四首绝句，但也通过"杨柳千株傍浅汀","万缕千条望欲迷,东风无力翠烟低","滴露拖烟长短条"等句的描写,把玉河两岸杨柳郁郁葱葱而又轻柔飘逸的姿态呈现了出来。刘翔《御堤烟柳》中这两首七绝,更是用白描的手法,精致地刻画了玉河春柳:"柔条袅娜百尺垂,蘸水点破青玻璃。晴烟一抹锁深碧,晓色正与春相宜。""临风忽报黄鹂啭,入望蒙蒙无近远。鲛绡帐薄疑未收,翡翠帘轻不堪卷。"通过一连串的比喻,将春柳的形态、颜色、质感等展现得淋漓尽致。尽管主题立意不高,修辞手法的娴熟运用还是值得肯定的。

送别思乡杨柳词

在《玉河春柳词》组诗的后两首中,毕沅从玉河、春柳引申开来,谈到了个人际遇及相关思考,应该说还是略有新意的。前人题咏玉河春柳,常常涉及两个主题:一是送别,一是思乡。例如明朝汪佃(1471—1540)的《玉河柳》诗:"御沟新柳暗如烟,万缕长条碧可怜。不是灞桥分手处,更谁攀折到离筵?"就讲到了中国古代折柳送别的传统。

攀折柳枝赠送离别的亲友,是中国很早以前便有的传统,有人说这是因为"柳"与"留"谐音,借用柳枝就是为了表达依依惜别的留恋之情。唐诗中多有表现折柳惜别的作品,如王之涣《送别》诗云:"杨柳东风树,青青夹御河。近来攀折苦,应为离别多。"张籍《蓟北旅思》也有"客亭门外柳,折尽向南枝"的诗句。翰林院的官员们升迁调转,人走人留,同僚们少不得赠别唱和一番,院门

菖蒲河畔的垂柳

口的玉河垂柳便顺理成章成了吟咏的主题。

　　唐诗中折柳惜别的含义，很快又引申为思乡的主题。远方的游子一听到关于"折柳"的歌曲或旋律，顿然想起离乡时的恋恋不舍，以及对家乡、亲友的思念之情。"诗仙"李白的《春夜洛城闻笛》，便道出了"折柳"的思乡内涵："谁家玉笛暗飞声，散入春风满洛城。此夜曲中闻折柳，何人不起故园情？"这样的思路，也被明清翰林们继承下来。《春明梦余录》卷六十五就记载了明朝"吴中四才子"之一文徵明（1470—1559）在翰林院时的一桩逸事："文衡山在词林日，寓居禁城东玉河岸，春水一湾，新柳鬖鬖，每集文人吟咏其中。尝自作《燕山客舍图》，题云：燕山二月已春酣，宫柳霏烟水映蓝。屋角疏花红自好，相看终不是江南。"文徵明尽管诗、文、

菖蒲河公园

书、画无一不精，人称"四绝"，但据说他任翰林院待诏期间并不如意，因此北京的玉河新柳令这位来自苏州的大才子愈加思乡，总觉得不如江南。

毕沅在《玉河春柳词》中，也谈到了"离恨"，但却饱含着离京赴任的乐观情绪，并没有思乡伤感的意思。"渭城朝雨浥轻尘，客舍青青柳色新。劝君更尽一杯酒，西出阳关无故人。"唐代大诗人王维的《渭城曲》（一名《送元二使安西》）是大家耳熟能详的名篇了，这里毕沅却反其意而用之，说"离恨无因到大罗，不须更唱渭城歌"，既不会飞升到大罗天境，也不至于难觅故人。"鳞鳞漾影银潢水，流向人间总绿波"，"银潢"就是银河，代指中央朝廷，"人间"则代指地方上的各省。毕沅由河水联想到仕途，玉河有玉河的波光俏丽，黄河也有黄河的澎湃壮美，到地方任职，前途同样光明。

至于以树讽人，毕沅也另辟蹊径："滴露拖烟长短条，春星原自列琼霄。临流尽日从眠起，不似风尘惯折腰。"暗示自己要像春夜的恒星一样坚持自我，不为外界影响所动摇。柳树柔软质地、下垂的枝条，常被人视为"折腰事人"，缺少骨气。但也有人从其他角度描写柳树，例如南宋著名诗人杨万里《咏柳堤》云："柳下湖光净一天，湖边垂柳起三眠。小蛮自倚腰支袅，照镜梳头晓月前。"把柳树比喻成带几分"傲娇"气的女子，有时娴静得好像尚在午睡，有时又摇曳着婀娜的身姿，在月光下随风轻舞。毕沅一边踏春咏柳，一边也是在自我勉励，即使是玉河垂柳，也可以按自己的意志从容行事，不必"摧眉折腰事权贵，使我不得开心颜"！

话说回来，毕沅的说法虽然励志，却未免有些理想化了。据明末孙国敉在《燕都游览志》中的记载："崇祯己巳冬，城守官军御寒无具，尽斫为薪，仅存翰苑墙东一带矣。"崇祯二年（1629），玉河沿岸的垂柳被守城官军大量砍伐，以作烧柴取暖之用，哪里能真正掌握自己的命运呢？毕沅虽然生前仕途顺达，死后却被嘉庆皇帝追罪，家产充公，子孙因功承袭的职位也都被革除。如今，翰林院早已荡然无存，院墙东侧的玉河也早已改为暗渠，曾经的"宫莺"也如"旧时王谢堂前燕"一般，"飞入寻常百姓家"。不过，菖蒲河畔，依旧能领略"杨柳千株傍浅汀"的清丽美景，为北京中轴线添助一抹绿意、一缕诗魂。

端门六科话《官箴》

——读明宣宗《六科箴》

端门以内设六科

天安门城楼北侧不远，就是端门。"端"者，正也，端门就是正门的意思。以"端门"指称皇宫正南门的历史非常悠久，《史记·吕太后本纪》中提到，西汉的未央宫就有"端门"，"代王即夕入未央宫，有谒者十人持戟卫端门"，在端门外守卫未央宫。隋唐的东京洛阳城，皇城正门也叫端门。明清两代，端门只是"天子五门"之一，规格不如其南的承天门（天安门）或其北的午门，主要用于存储皇帝出行所需的仪仗等器物。

如今进入端门，眼前是一片开阔热闹的小广场。平日里游人如织，穿梭往来，很多刚刚参观完天安门广场或城楼，打算参观故宫的游客，常常在端门以里、午门以外这片区域里逗留休息。在明清两代，这片区域可是皇家禁区，连文武百官没有公事都不得擅入，更别说普通老百姓了！虽然一般人进不来，可却有一些官员常年在此办公。看见东西两庑的连檐通脊长房了吗？明清两朝的六科公署就设立在此。据《日下旧闻考》记载："六科在午门外东西两廊，吏、户、礼西向，兵、刑、工东向"，遵循了"文东武西"的中轴对称格局。

端门

　　有人要问了：吏、户、礼、兵、刑、工，这不是"六部"吗？
怎么又出来个"六科"呢？"六部"是隋唐时期便已定型的行政体
系，一直沿用至明清；而"六科"则是由明太祖朱元璋创立的，是
明清官制中的重要组成部分。明宣宗朱瞻基曾为朝廷各个部门撰写
《官箴》三十五篇，其中之一就是《六科箴》。我们今天就来读一读
这篇"御制官箴"：

　　国家建官，内外有制。给事之臣，密迩廷陛。

　　爰准六典，分科置员。各司其务，有简有繁。

　　命令之出，于汝纪之。章奏之入，于汝度之。

　　考其得失，举其愆戾。厘革欺蔽，以赞予治。

　　敬共朝夕，无纵以逸。无易以忽，必愍以密。

　　达夫大体，由乎至公。维汝之贤，光奋于庸。

　　怙威以骋，不率正道。汝之不贤，辜亦自造。

　　自昔迩臣，左右承弼。正人自资，邪佞必斥。

　　其笃念哉，毋苟充位。往端乃志，以懋乃事。

　　这篇四言箴文，前半段主要谈到六科这个部门的职责，后半段
则是对该部门官员的训诫和勉励。下面我们一边细读明宣宗的《六
科箴》，一边了解一下六科的职能和历史。

分科置员给事中

"国家建官，内外有制。给事之臣，密迩廷陛。"《六科箴》开篇，明宣宗就给六科的性质进行了很好的定位：皇帝身边的"内臣"。这里的"内臣"并不是指宦官，而是指皇帝身边亲近的官员，也就是六科中的给事中。"给事"就是"供事"的意思，"中"则指皇宫"禁中"，"给事中"就是在禁中供事。这个官衔有着两千余年的悠久历史，早在秦汉的时候就已出现。当时"给事中"是一个"加官"，不是正式的职位，可以赋予已有职位的官员，上到御史大夫、三公、将军、九卿，下到博士、议郎，都可以得到"给事中"这个名号。有了这个名号，就可以经常出入皇宫，陪侍在皇帝左右，随时为皇帝提供建议。到了唐宋，给事中的职位，以及所负责的职守屡有变更，但始终是皇帝身边"陪王伴驾"的近臣。所以明宣宗在《六科箴》里说：国家所建立的官僚体系，制度上有内外之别，而

从午门南望端门及两庑

你们这些身为给事中的臣子，属于最靠近宫廷和皇帝的人。

"爰准六典，分科置员。"给事中虽然古已有之，但六科却是明王朝的创举。据《明史·职官志三》记载："明初，统设给事中。"明朝刚刚建立的时候，仍沿袭宋、元制度，统一设置给事中，并没有分科的问题。洪武六年（1373），《明太祖实录》卷八十载："定设给事中十二人，秩正七品，看详诸司奏本，及日录旨意等事。分为吏、户、礼、兵、刑、工六科，每科二人。凡省府及诸司奏事，给事中各随所掌，于殿庭左右执笔纪录，具批旨意可否于奏本之后，仍于文簿内注写本日给事中某钦记相同，以防壅遏欺蔽之弊。如有特旨，皆纂录，付外施行。"明确将十二名给事中分为六科，分别对应六部，六科这个机构才正式出现。这就是明宣宗说的"爰准六典，分科置员"。"六典"语出《周礼·天官·太宰》，原指"治典、教典、礼典、政典、刑典、事典"，后世的"六部"即脱胎于此，所以这里用"六典"代指六部。

"各司其务，有简有繁。"由于六科对应六部，职责也各不相同。《明史·职官志三》记载，吏科的职责是："凡吏部引选，则掌科同至御前请旨。外官领文凭，皆先赴科画字。内外官考察自陈后，则与各科具奏。拾遗纠其不职者。"户科的职责是："监光禄寺岁入金谷，甲字等十库钱钞杂物，与各科兼莅之，皆三月而代。内外有陈乞田土、隐占侵夺者，纠之。"礼科的职责是："监订礼部仪制，凡大臣曾经纠劾削夺、有玷士论者纪录之，以核赠谥之典。"兵科的职责是："凡武臣贴黄诰敕，本科一人监视。其引选画凭之制，如吏科。"刑科的职责是："每岁二月下旬，上前一年南北罪囚之数，岁终类上一岁蔽狱之数，阅十日一上实在罪囚之数，皆凭法司移报而奏御焉。"工科的职责是："阅试军器局，同御史巡视节慎库，与各科稽查宝源局。"显而易见，六科分别督察吏、户、礼、兵、刑、工六部的工作，但工作量却有轻有重，所以办公人员也有多寡之别。除了各科都有掌科的"都给事中一人"、副长官"左右给事中各一人"外，各科给事中的人数，"吏科四人，户科八人，礼科六人，兵科十人，刑科八人，工科四人"，后来虽有"增、减员数不常"，但也仍是"有简有繁"。

上传下达职权大

稽查六部只是六科的职责之一。根据《明史·职官志三》的说法，"六科，掌侍从、规谏、补阙、拾遗、稽察六部百司之事"，管辖的范围很广。明宣宗在《六科箴》中说："命令之出，于汝纪之。章奏之入，于汝度之。考其得失，举其惩戾。"意思是说，六科给事中不仅负责上传下达，而且上到皇帝颁发的命令，下到内外官员的奏章，他们都有监督纠察的职责。"主德阙违，朝政失得，百官贤佞，各科或单疏专达，或公疏联署奏闻。"遇到涉及多个部门的重大事件，"虽分隶六科，其事属重大者，各科皆得通奏，但事属某科，则列其科为首"，六科又是合为一体的。所以明宣宗说："厘革欺蔽，以赞予治。"希望六科能够辅助皇帝治理国政，防范制约官僚体系中的欺瞒舞弊现象。

综合来看，明朝的六科给事中比前朝给事中的职权都扩大了

端门内东庑，曾为吏、户、礼三科的办公场所

很多，主要包括三方面的职能：一是作为皇帝的侍从，对皇帝的言行和施政进行规谏。给事中日常陪伴在皇帝身边，不仅平时的"日朝"要"六科轮一人立殿左右，珥笔记旨"，即使皇帝出宫祭祀、阅兵，各科给事中也要随从。因此《六科箴》中说"敬共朝夕，无纵以逸"，指出与皇帝"朝夕与共"的六科给事中，应该随时提醒皇帝勤勉敬畏，避免放松享乐。二是审核公文，起到"补阙、拾遗"的作用。奏章、上疏等上行公文，都要经过六科审核，"分类抄出，参署付部"，并"驳正其违误"；制诰等下行公文，也必须经由六科审核，"制敕宣行，大事覆奏，小事署而颁之"，如果制诰"有失"，也要"封还执奏"。所以明宣宗提到"无易以忽，必慎以密"，规诫六科给事中不得轻忽怠慢，工作态度必须谨慎严密。三是纠察百官。

作为代表皇帝"稽察六部百司之事"的监察部门，公正性对于六科来说是至关重要的，所以明宣宗在《六科箴》里特别强调："达夫大体，由乎至公。维汝之贤，光奋于庸。"只有六科从大局出发，贤明公正，王朝的功业才能发扬光大。

六科给事中位卑权重，各科掌科都给事中的品级才不过正七品，其余左右给事中、给事中的品级则为从七品，但却身处要职，上能亲近天子，下能监察百官，连办公场所都紧邻紫禁城，而且"每夜一科直宿"，日夜值班，以备皇帝不时之需，体现了六科与皇权的紧密联系。也正因此，明宣宗在《六科箴》里训诫道："怙威以骋，不率正道。汝之不贤，辜亦自造。自昔迩臣，左右承弼。正人自资，邪佞必斥。"提醒六科官员们如果狐假虎威、滥用权力，也会遭受惩罚。

然而六科的设立，本来就是明清两朝加强皇权、削弱相权的一种体现，很难从根本上杜绝腐败和滥权，反而为投机者开辟了"终南捷径"。按规定，正七品的都给事中升转，"内则四品京堂，外则三品（布政司）参政"，"盖外转以正七得从三，亦仕宦之殊荣"（明沈德符《万历野获编》卷十二），明人杨士聪《玉堂荟记》卷四甚至说"官由科道升者，每苦太速，了无余味"，嫌升迁升得太快了，没有挑战！《日下旧闻考》卷六十三引明朝《宙载》云："都下有谚语云：吏科官，户科饭，刑科纸，工科炭，兵科皂隶，礼科看。"也暗讽了六科官员各凭职权之便贪污腐败，只有礼科捞不着油水，只能干瞪眼！

历代官箴警钟鸣

《六科箴》是明宣宗《官箴》三十五篇中的一篇。明宣宗朱瞻基，是明成祖朱棣的长孙，明仁宗朱高炽的嫡长子，明朝的第五位皇帝，年号宣德（1426—1435）。据《明史》卷九《宣宗本纪》记载，朱瞻基出生前夜，他的爷爷——当时的燕王朱棣，梦见朱元璋交给他一柄大圭，并说："传之子孙，永世其昌。"大圭是古代皇帝所执的玉质手板，被视为皇权的象征。觊觎皇位的朱棣得此一梦，又见刚出生的嫡长孙"英气溢面"，欣喜异常，认为符合梦兆，十分吉祥。登基之后，朱棣对朱瞻基也极其关爱，出京征讨也都带着这位皇太孙重点培养，在军营中还要让学士胡广等人给朱瞻基"讲论经史"，并跟太子朱高炽说："此他日太平天子也！"明宣宗在位十年，重视整顿吏治和财政，实行休养生息，缓和社会矛盾，提拔任用了如"三杨"（杨士奇、杨荣、杨溥）等大臣，知人善任，使得社会经济得以快速发展，史称"仁宣之治"。明宣宗亲自创作《官箴》，也反映出他注重吏治、力图改革的想法。

明宣宗在《官箴》自序中说："昔舜命九官十二牧，皆孜孜训谕，虞史书之。夫以大舜为君，禹、皋、稷、契辈为之臣，犹致儆如此，况朕菲薄，敢不究心！"谈到了中国自古以来的官箴传统。《尚书·虞书·舜典》记载，舜帝即位之后，任命九官、十二牧，并且对诸多任命的官员都谆谆叮咛，例如命伯禹（大禹）做司空，说"汝平水土，惟时懋哉"，让他治理水患；命后稷（弃）"播时百谷"，指导百姓耕作，解决粮食不足的问题；命夔"典乐"，让他"教胄子，直而温，宽而栗，刚而无虐，简而无傲"，并谈到了诗歌和音乐教育的重要性："诗言志，歌永言，声依永，律和声。八音克谐，无相夺伦，神人以和。"《舜典》中的种种记载，被儒家视为"三代圣王"传下的经典，也被明宣宗视为古代官箴的滥觞。

明宣宗像

中国古代的官箴文化发展数千年，衍生出不同类型，有的是官员道德上"自箴自戒"，有的则类似于"从政指南"，而帝王御制的官箴则始终不绝，如梁武帝的《凡百箴》、唐代武则天的《臣轨》、唐玄宗的《令长新戒》等。这些帝王御制官箴往往以"圣谕"的形式颁发全国，超出了一般官箴的劝诫作用，对官员具有一定的强制性和规范性。同时，中国自古盛行的辩证思维，也迫使这些撰写官箴规诫臣下的皇帝反思自省，加强自我约束。例如明宣宗《官箴》序文中就说："然古之君臣，有交儆之道，凡在位君子，有以嘉谟告朕者，尤朕所乐闻也。"《都督府箴》中也说："朕嗣大统，祗率旧章，居安虑危，夙夜不忘。"表达了欢迎百官直言劝谏、自己要居安思危等想法。

在《六科箴》的最后，明宣宗劝勉六科给事中说："其笃念哉，毋苟充位。往端乃志，以懋乃事。"明宣宗"正人自资，邪佞必斥"的想法，虽然是过于理想了，但作为封建王朝最高统治者，向皇权的维护者和执行者进行劝诫，要求他们正心端志，认真履行职责，勤奋工作，还是有一定意义的。

太庙改制明嘉靖

——读《春明梦余录·太庙》

太庙重建又复原

　　站在天安门与端门之间，可以看到东西两庑各有一座黄琉璃门，东边的叫作"太庙街门"，西边的叫作"社稷街门"，分别通往"左祖""右社"。太庙街门是太庙的正门，明清两代皇帝进太庙祭祖，都要通过这道太庙街门，到太庙外墙南门外下辇，然后从戟门左门进入太庙，在前殿即享殿中向着祖先的牌位上香、叩拜。仪式结束后，牌位移回后殿收藏供奉，其中远祖的牌位存放在最北侧的"祧庙"，其余皇帝皇后的牌位则存放在享殿后面的"寝殿"。

　　明清两朝绝大多数时候，太庙采取的就是这样"一庙九室"的格局，即各代先皇的牌位存放在同一座建筑中，之间用隔断隔开，即"同堂异室"。但在明朝嘉靖年间，太庙却经历过一次浩大而短暂的格局调整，一度改为"九庙"，即一个院落中有九座建筑，每座各存一主，几年后又改回了"一庙九室"。这番大兴土木的"折腾"，在孙承泽的《春明梦余录》卷十七中有较为明确的记载：

太庙，在阙之左。永乐十八年建庙京师，如洪武九年改建之制。前正殿。翼以两庑，后寝殿，九间，间一室。主皆南向，几席诸器备，如生仪。

嘉靖十一年，召辅臣李时、翟銮、礼官夏言，议复古七庙，制未决，会中允廖道南疏请建九庙，上从其议。撤故庙，祖宗各建专庙，合为都宫，太庙因旧而新之。居中文皇，世皇在太庙东北，居六庙上，昭穆六庙列太庙左右。庙各有殿，殿后有寝，藏主。太庙

太庙享殿

寝后别有祧寝，藏祧主。太庙门殿皆南向，群庙门东西向，内门寝殿皆南向。十五年十二月，九庙成。二十年四月，雷火，八庙灾，惟睿庙存。因重建太庙，复同堂异室之制。

二十四年七月，新庙成。正殿九间，内贮诸帝后冕旒、凤冠、袍带，匮而藏之，祭则陈设，祭毕仍藏匮中。东西侧间设亲王、功臣牌位。前为两庑，东西二燎炉：东燎列圣亲王祝帛，西燎功臣帛。南为戟门。设具服小次。门左为神库，右为神厨。又南为庙门。门外东南为宰牲亭，南为神宫监，西为庙街门。正殿后为寝殿，九间，奉安列圣神主，皆南面。又后为祧庙，五间，藏祧主，皆南向。时享于四孟，祫于岁除，仍设衣冠，不出主，如初制。

这一段是《春明梦余录》对明朝太庙的概括性记述，文中先简要介绍了太庙的位置、创建的年代及格局，再重点讲述了嘉靖年间对太庙的改造及复原，最后详细描述了复原后至晚明，太庙内的建筑布局及陈设、礼仪等。最引人关注的，就是中间这一段建"九庙"又取消的故事。这就要说到嘉靖年间震动朝野的"大礼议"。

"继统""继嗣"争大礼

"大礼议"始于正德十六年（1521）。这一年，荒淫无度的明武宗年仅三十一岁便暴病驾崩，身后却没有留下子嗣继承皇位，他唯一的亲弟弟也早夭无后，因此他的母亲张太后与当时的内阁首辅大学士杨廷和商议，决定以明武宗的名义拟定遗诏，将明武宗的堂弟、兴献王世子朱厚熜（1507—1567）迎接入京，继承皇位。朱厚熜生父朱祐杬是明孝宗朱祐樘最年长的弟弟，也是明武宗朱厚照的亲叔叔，成化二十三年（1487）受封兴王，正德十四年（1519）去世，谥号"兴献王"。明武宗病逝时，朱厚熜守孝期将满，但尚未正式承袭兴王爵位，所以只称为"兴献王长子"。

　　按照《皇明祖训》等规定的继位原则，朱厚熜确实是"继承顺位"最高的人选，但张太后和杨廷和却忽略了一些现实问题。比如朱厚熜在湖广安陆州（今钟祥市）的兴王藩府出生，从小在父母身边长大，而且是兴献王唯一的儿子，与父母的感情十分深厚。再比如朱厚熜此时已经十五岁，颇有主见，不会任人摆布。因此即位之初，朱厚熜便想尽办法抬高亲生父母的地位，刻意拉远与张太后的关系，不愿意承认自己是以明孝宗和张太后继子的身份继承的皇位。

　　但当时朝廷中的大臣们，以大学士杨廷和为代表，却坚持朱厚熜应该效仿汉哀帝和宋英宗，在名义上过继给明孝宗和张太后，视他们为宗法上的父母，而只能称自己的亲生父母为"皇叔考""皇叔母"。对于饱读儒家经典的文臣来说，封建世袭制下的皇位，必须符合宗法上的合理性，才能获得政治地位及权力的合法性。如果宗法上站不住

嘉靖皇帝像

脚，很容易在以后的政权更迭中造成不必要的麻烦，引发政局的动荡。这番关于"继统"与"继嗣"的礼法之争，以及对嘉靖皇帝亲生父母身份、名号的大讨论，就被称为"大礼议"。

朝野官员之中，也有人能够理解朱厚熜的心情，为他辩护。嘉靖皇帝朱厚熜一边拉拢这些支持自己的官员，一边对反对者进行严酷镇压，甚至在左顺门外逮捕、杖责了一百多名文官，其中十七人因受刑而殒命。经过三年的博弈，朱厚熜终于力排众议，在嘉靖三年（1524）成功将他已去世的亲生父亲、曾经的兴献王朱祐杬尊称为"皇考恭穆献皇帝"，将生母蒋氏尊称为"圣母章圣皇太后"，而将明孝宗改称为"皇伯考"、张皇后改称为"皇伯母昭圣慈寿皇太后"。但嘉靖皇帝并不满足于此，第二年，他又提出希望将自己的父母移入太庙，要让后世子孙像祭奠皇帝一样也祭奠他们。太庙改制的讨论由此触发。

太庙改建尊亲生

嘉靖四年（1525），嘉靖皇帝刚提出要将自己父母移入太庙的想法，就又遭到了群臣的大规模反对。包括曾经在正德十六年（1521）支持他的张璁（后改名张孚敬），都上疏表示坚决反对。张璁反对的理由同样是"法统"的问题："请入献皇帝主于太庙，不知序于武宗皇帝之上与，序于武宗皇帝之下与？孝宗之统，传之武宗，序献皇帝于武宗之上，是为干统无疑；武宗之统，传之皇上，序献皇帝于武宗之下，又于继统无谓。"意思是说，您想把自己的父亲兴献帝列入太庙，那么应该把他放在什么位置呢？您父亲是孝宗的弟弟、武宗的叔叔，如果放在武宗之上，那么相当于在人家正常的父子相承之间横插一道，这是"干统"；如果放在武宗之后，那么他们叔侄之间又没有任何继承关系，于理不合。嘉靖皇帝听了，虽然很不开心，但由于反对的声音很大，也难以执意坚持。于是他采取了步步为营的策略。

第一步，在太庙旁边单独为生父建立一座"世室"。所谓"世室"，就是世世代代保留不毁的意思。郑玄在注《周礼·考工记》"夏后氏世室"时说"世室者，宗庙也"，与太庙的意思基本相同。尽管当时也有人对建立世室表示反对，说"皇上孝心无穷，礼制有限，臣等万死不敢以非礼误陛下"，用礼制来阻止，但在嘉靖皇帝的坚持下，这座专门祭祀献皇帝的永久祠庙还是在太庙东侧的空地上建了起来，"即太庙左隙地立庙，其前殿后寝一如太庙制，定名世庙云"。

第二步，新建的世庙与太庙同门出入。当时有一种声音，倾向于两庙分立，世庙"神路宜由阙左门出入"，这样就与太庙祭祀从太庙街门出入的路线不同，淡化二者间的联系，相当于降低世庙的地位。但嘉靖皇帝识破了弦外之音，坚持世庙祭祀也必须"由庙街门"，暗示世庙与太庙是一体的。

第三步，在嘉靖十一年（1532）兴建"九庙"。套路和之前的"大礼议"都很类似："召辅臣李时、翟銮、礼官夏言，议复古七庙，制未决，会中允廖道南疏请建九庙，上从其议。"就是嘉靖皇帝主动抛出议题，遭到群臣反对，议题搁置，这时正好有某个官员提出类

从太庙西望紫禁城

似建议，皇帝借坡下驴，表示同意，之前反对的声音也就不了了之了。兴建"九庙"，其实就是为了浑水摸鱼，既然难以直接把兴献帝的牌位堂而皇之列入太庙，那么就不妨彻底改变太庙的整体格局。因为之前皇帝驾崩，牌位列入太庙，都是放在同一个屋子里；如今一位皇帝一座庙，"庙各有殿，殿后有寝，藏主"，就意味着一些远祖的皇帝会被"踢出"九庙，移到"太庙寝后别有祧寝，藏祧主"的"祧庙"中，降低祭祀的规格。而离在位的皇帝越近，越有资格进入"九庙"的常规排序中。九庙的营建，彻底改变了太庙的建筑格局。但离嘉靖皇帝的最终目的还差一个关键步骤。

所以第四步，九庙建成后的嘉靖十七年（1538），开始讨论兴献帝"加庙号称宗"的问题。唐宋以后的皇帝一般都有庙号，其中开

太庙正殿内部

国皇帝称"祖"，承嗣皇帝称"宗"。但嘉靖皇帝的父亲兴献帝生前没有做过皇帝，论理不应有庙号。而且按照"九庙"的规则，除了开国太祖的地位不动以外，如果让兴献帝称宗入庙，则必须把"太宗文皇帝"朱棣移至祧庙。但一方面嘉靖皇帝十分坚持，另一方面时任礼部尚书的严嵩也善于见风使舵，一看大家讨论的结果不符合皇帝的心意，就一次次地复议和让步。最后大家达成共识：把朱棣的庙号从"太宗"改为"成祖"，这样地位提升，就可以"万世不祧"了，也与兴献帝称宗不产生冲突。就这样，兴献帝终于被尊为"睿宗"，成功进入太庙。

嘉靖皇帝通过改革太庙制度，如愿以偿地将自己生父的地位提升。但好景不长，"二十年四月，雷火，八庙灾，惟睿庙存"。古代统治者对天灾异常重视，嘉靖皇帝也认为这次雷火是祖宗对自己行为的谴责，所以又将九庙拆除，"因重建太庙，复同堂异室之制"，恢复了原貌。在恢复"一庙九室"的过程中，嘉靖皇帝也没有放弃对生父地位的尊崇，将睿宗也列入九室，把血脉最远的仁宗朱高炽迁至祧庙。太庙改制的闹剧终于告一段落。

嘉靖二十四年（1545）建成的"新庙"，"正殿九间……东西侧间设亲王、功臣牌位。前为两庑，东西二燎炉……南为戟门……门左为神库，右为神厨。又南为庙门。门外东南为宰牲亭，南为神宫监，西为庙街门。正殿后为寝殿，九间……又后为祧庙"等格局，基本上被清朝保留下来，今天去劳动人民文化宫还可以看到。

退谷著书孙承泽

在《春明梦余录》中，孙承泽不仅概述了明代太庙的基本情况，而且旁征博引，详细记载了明末崇祯时期寝殿神主、祧殿神主、东西庑从祀王公和功臣，以及寝庙器用等细节，并引录了从明初到嘉靖议礼时各方的说法，具有很高的史料价值。这也是《春明梦余录》自问世之初，便为人称道的地方。孙承泽的晚辈、著名学者朱彝尊在《天府广记序》中说："北海孙退谷先生博学鸿览，多识轶事。初著《春明梦余录》，历载先代典制景物，刊行传世，几使洛阳纸贵。"盛赞了孙承泽的学识及《春明梦余录》的价值。

孙承泽，字耳北，一作耳伯，号北海，又号退谷，一号退谷逸叟、退谷老人、退翁、退道人，祖籍山东益都（今青州），世隶顺天府上林苑（今属北京大兴区），可以算是一位北京的乡贤。他是明崇祯四年（1631）的进士，历任河南陈留知县，调祥符县，以卓异授刑科给事中，历升户、工左右给事中，刑科都给事中。1644年甲申之变，李自成的大顺政权围攻北京，很多明朝官员以身殉国。孙承泽先自缢，后跳井，都被人解救，之后便降顺了大顺政权，担任防御使等职。清兵入关后，他又归降了清朝，历任吏科给事中、太常寺卿、大理寺卿、兵部侍郎、吏部左侍郎等职，顺治年间退隐著书。孙承泽一生历仕三朝，因此在清朝中后期因"贰臣"的身份饱受诟病。但他学识渊博，著作等身，在史学和书画鉴赏领域颇有建树，而且交友极广，在清朝前期的影响非常大。

　　孙承泽与北京有着不解之缘。他是土生土长的北京人，晚年曾

太庙戟门

太庙戟门前石桥

编著《畿辅人物志》，专记北京及周边地区乡贤事迹。他也是北京当时的文化名人，北京的一些地名，如西城区的"后孙公园胡同"、香山樱桃沟的"退谷"，都因孙承泽而得名。在他传世的四十余种著作中，有多部专门记述北京的历史风物，例如《春明梦余录》《天府广记》《畿辅人物志》等，"春明""天府"都代指首都北京。这些著作对此后北京文献的编纂产生了深远影响，其中又以《春明梦余录》最为著名。

　　乾隆皇帝在为《日下旧闻考》所作的题词中，开篇即将孙承泽的《春明梦余录》与朱彝尊的《日下旧闻》并称，而且说《日下旧闻考》"迹逮《春明》孙北平"，"《春明梦余录》内所载，亦间采辑"。《四库全书总目提要》中，尽管碍于孙承泽的"贰臣"身份，对《春明梦余录》刻意贬抑，但也不得不承认，"明代旧闻，采摭颇悉，一朝掌故，实多赖是书以存，且多取自实录、邸报，与稗官野史据传闻而著书者究为不同。故考胜国之轶事者，多取资于是编焉"。《春明梦余录》所保存的珍贵史料，实在是难以忽视的。时至今日，我们研究北京中轴线的历史，都离不开《春明梦余录》的帮助。

人民稷园归人民

——读朱启钤《中央公园建置记》

皇家稷园变公园

端门广场的西侧，与太庙（劳动人民文化宫）东西对称的，同样是一组金瓦红墙的建筑。这里曾经是明清两朝皇家禁区内的"社稷坛"，如今则是面向社会开放的中山公园。同北京中轴线上的许多建筑一样，这座院落经历了几百年的沧桑历史，见证了中国近代史上的无数变迁。随着中国革命从旧民主主义革命进入新民主主义革命，"社稷坛"变为"中央公园"，"中央公园"又改名为"中山公园"。历史的发展与文化的传承，在这座亦古亦新的文化遗产上体现得淋漓尽致。

今天我们要读的这篇《中央公园建置记》，记述的就是中山公园的一段重要的历史变迁。这篇文章创作于1925年，恰逢历史拐点，它的作者朱启钤（1872—1964）是公园改建的当事人之一，非常了解

民国时期的五色土与新民堂

这座小型园林的变迁及现状。陈宗蕃的《燕都丛考》第一编第五章收录了这篇文言记叙文。

中央公园建置记

民国肇兴，与天下更始。中央政府既于西苑辟新华门为敷政布令之地，两阙三殿，观光阗溢。而皇城宅中，宫墙障塞，乃开通南北长街、南北池子为东西两长衢。禁御既除，熙攘弥便，遂不得不亟营公园为都人士女游息之所。社稷坛位于端门右侧，地望清华，景物钜丽，乃于民国三年十月十日开放为公园。以经营之事，委诸董事会，园规则取于清严，偕乐不谬于风雅，因当地九衢之中，名曰中央公园。

设园门于天安门之右，绮交脉注，绾毂四达，架长桥于西北隅，俯瞰太液，直趋西华门，俾游三海及古物陈列所者，跬步可达。西拓缭垣，收织女桥御河于园内，南流东注，迤逦以出皇城。撤西南垣，引渠为池，累土为山，花坞水榭，映带左右，有水木明瑟之胜。更划端门外西庑旧朝房八楹，略事修葺，增建厅事，榜曰公园董事会，为董事治事之所。设行健会于外坛东门内驰道之南，为公共讲习体育之地。移建礼部习礼亭与内坛南门相值，其东有来今雨轩，及投壶亭。西有绘影楼、春明馆、上林春诸胜。复建东西长廊，以避暑雨。迁圆明园所遗兰亭刻石及青云片、青莲朵、寒芝、绘月诸湖石，分置于林间水次，以供玩赏。其比岁市民所增筑如公理战胜坊、药言亭、喷水池之属，更不遑枚举矣。

北京自明初改建皇城，置社稷坛于阙右，与太庙对。坛制正方，石阶三成，陛各四级。上成用五色土，随方筑之。中埋社主，甃垣壝以琉璃，各如其方之色。四面开棂星门，门外北为祭殿，又北为拜殿。西南建神库、神厨，坛门四座，西门外为牲亭，有清因之。此实我国数千年来特重土地人民之表征。今于坛址力务保存，俾考古者有所征信焉。

环坛古柏，井然森列，大都明初筑坛时所树，今围丈八尺者四株，丈五六尺者三株，斯为最巨。丈四尺至盈丈者百二十株，不盈丈者六百三株，次之未及五尺者二百四十五株。又已枯者百余株，围径既殊，年纪可度，最巨七柏皆在坛南，相传为金元古刹所遗。此外，合抱槐榆杂生，年浅者尚不在列。夫禁中嘉树，盘礴郁积，几经鼎革，无所毁伤，历数百年，吾人竟获栖息其下，一旦复睹明社之旧，故国兴亡，益感怀于乔木。继自今，封殖之任，不在部寺而在群众，枯菀之间，实自治精神强弱所系。惟愿邦人君子爱护扶持，勿俾后人有生意婆娑之叹，斯尤启钤所不能已于言者。

启钤于民国三四年间，长内务部，从政余暇，与僚友经始斯园。园中庶事决于董事会公议，凡百兴作，及经常财用，由董事蠲集，不足则取给于游资及租息，官署所补助者盖鲜。岁日骎骎，已逾十稔，董事会诸君耸石以待，谨述缘起，及斯坛故实，以诒将来。后之览者，庶有所考镜也。

民国十四年十月十日　紫江朱启钤

这篇文章洋洋洒洒约有千字，但思路清晰，文笔清畅，十分可读。朱启钤在《中央公园建置记》中首先概述了营建中央公园的起因，其次介绍了改建工程的具体内容，再次追述了社稷坛的形制及历史，又从园内古柏引发出对兴亡变迁的感慨，最后交代了自己与中央公园的关系。我们在品读这篇文章的同时，也顺便了解了中山公园的前世今生。

昔日祭祀社稷坛

中国古代祭祀社稷的传统非常悠久。《左传·隐公三年》中就有"先君以寡人为贤，使主社稷"等语。"社"为土地神，"稷"为五谷神，在以农业为主的古代中国，土地的肥沃、五谷的丰收，就意味着基本生活的保障以及社会的安定，无论对于统治者还是老百姓，都是举足轻重的大事。"社稷"连称，甚至可以代指整个国家。

早年的社稷坛其实是两座祭坛，分别祭祀太社和太稷。《金史·礼志七》记载，大定七年（1167），在中都（今北京）建立社稷坛，其中社坛"以五色土各饰其方，中央覆以黄土，其广五丈，高五尺，其主用白石"，"近西为稷坛，如社坛之制而无石主"。《元史·祭祀志五》也明确记载，"至元七年十二月，有诏岁祀太社太稷"，后来在和义门（今西直门）内偏南的位置，"得地四十亩，为墙垣，近南为二坛"，"社东稷西，相去约五丈"。其中"社坛土用青赤白黑四色，依方位筑之，中间实以常土，上以黄土覆之"，而且"依方面以五色泥饰之"，"稷坛一如社坛之制，惟土不用五色，其上四周纯用一色黄土"。由此可见，金、元两代的社稷坛其实都是社坛、稷坛两座坛，社坛在东，稷坛在

社稷坛

西，社坛才用"五色土"。

明朝初年，太祖朱元璋将社坛、稷坛合并为社稷坛；永乐十八年（1420）在新都北京营建的社稷坛也遵从了这一制度，合二为一，用五色土筑成社稷坛。正如朱启钤在《中央公园建置记》中所说，明清北京的社稷坛在"阙右，与太庙对"，成为中轴线对称建筑中的一部分。社稷坛的形制，朱启钤也做了描绘："坛制正方，石阶三成，陛各四级。上成用五色土，随方筑之。中埋社主，瘗垣墙以琉璃，各如其方之色。"不同于其他坛庙"坐北朝南"的格局，社稷坛是北向的，皇帝祭拜时向南行礼。社稷坛上的五色土"中黄、东青、南赤、西白、北黑"，符合五行学说，分别对应"土、木、火、金、水"。据《大清会典则例》记载，五色土实际上"由涿、霸二州，房山、东安二县豫办解部"，全部取自顺天府辖区内，并非从全国各地采集。以五色土作为土地神及谷神的祭坛，象征着中国自古幅员辽阔、地大物博的特点。

根据《大清会典》，皇帝祭祀社稷的仪式在每年仲春、仲秋的上戊日举行。日出前四刻，仪式就拉开序幕，皇帝要身着祭服，从太和门台阶下乘坐"金辇"，在"法驾卤簿"的引导下，出午门、阙右门，在社稷坛北门外下辇，步行至坛北，向南祭拜太社、太稷，还要率领王公大臣、文武百官行"三跪九拜礼"等。这样的仪式虽然烦琐迂腐，但朱启钤认为，"此实我国数千年来特重土地人民之表征"，体现了封建统治者对农业、农村土地和农耕人民的重视，是值得妥善保存的历史遗产。

公共园林古物陈

历史毕竟已是历史，随着辛亥革命的胜利，中华民族推翻了帝制，迎来了共和时代，按朱启钤的话说，就是"民国肇兴，与天下更始"。包括社稷坛在内的明清皇城，迎来了一轮大刀阔斧的改造。"中央政府既于西苑辟新华门为敷政布令之地，两阙三殿，观光圆溢。而皇城宅中，宫墙障塞，乃开通南北长街、南北池子为东西两长衢。"曾经的皇家苑囿"西苑"中南海，成为北洋政府的办公地；紫禁城护城河东西两侧，分别修建了贯通南北的南长街、北长街和南池子、北池子，百姓可以随意穿行往来。

封建王朝的社稷坛，也在新时代丧失了祭祀的价值。但这座院落得天独厚的地理位置，却赋予了它新的价值。"禁御既除，熙攘弥便，遂不得不亟营公园为都人士女游息之所。社稷坛位于端门右侧，地望清华，景物钜丽，乃于民国三年十月十日开放为公园。"社稷坛这座皇家园林，由于地处核心要地，而且场地宽阔，古柏参天，环境优雅怡人，开辟成公共花园，成为供人们休闲散心的绝佳场所。这座于1914年"双十节"开放的新公园，也因"当地九衢之中"，被命名为"中央公园"。

中央公园继承了昔日社稷坛的建筑遗产，又在其基础上有所扩展和改造。"设园门于天安门之右，绮交脉注，绾毂四达，架长桥于西北隅，俯瞰太液，直趋西华门，俾游三海及古物陈列所者，跬步可达。西拓缭垣，收织女桥御河于园内，南流东注，迤逦以出皇城。"除保留原有的靠近紫禁城的北门外，又在天安门以西、社稷坛外墙以南开设了公园南门，并将社稷坛以西的玉河、织女桥等一并

民国时从中山公园通往故宫的长桥

括入公园。当时故宫西华门内设有"古物陈列所",主要保管和陈列
展出清朝皇室收藏在沈阳和承德的文物,是我国第一个以皇家藏品
收藏为主的博物馆。中央公园为此特意开设西门、架设长桥,便于
游客前往西华门等地参观游览。

　　此外,公园还增建亭台,点缀山石,挖塘引水,栽荷养鱼,"引
渠为池,累土为山,花坞水榭,映带左右,有水木明瑟之胜"。来今
雨轩、投壶亭、东西长廊,一步一景,亦古亦今。优越的地理位置,

保卫和平坊

清雅的园林环境，吸引了当时北京城各阶层的人士，许多社会团体
在此集会，这座公园从此成为北京城的一张新名片。

除了原有的社稷坛等祭祀建筑，中央公园还从其他地方移建了
不少重要文物，"移建礼部习礼亭与内坛南门相值……迁圆明园所遗
兰亭刻石及青云片、青莲朵、寒芝、绘月诸湖石，分置于林间水次，
以供玩赏。其比岁市民所增筑如公理战胜坊、药言亭、喷水池之属，
更不遑枚举矣"。很多文物的迁移都有着曲折丰富的历史。例如习礼
亭原本是明清鸿胪寺内的建筑，专门用来演习觐见皇帝的礼仪，又
称演礼亭，清末迁至礼部，1915 年作为文物移建至中央公园。兰亭
八柱本为圆明园遗物，刻制于乾隆四十四年（1779），汇集了唐代著
名书法家虞世南、褚遂良、冯承素、柳公权及明代大书画家董其昌等
人与兰亭诗、序相关的书法作品，是圆明园"坐石临流"景区的核心
景点。英法联军火烧圆明园后，兰亭石刻也湮没在废墟中，直到宣统
二年（1910）才移置颐和园，后于 1917 年转运至中央公园。

朱启钤提到的"公理战胜坊"，最初名为"克林德坊"，本是庚
子兵败后，应德国皇帝的要求，为德国驻华公使克林德建立的纪念
碑，位置在东单北大街的西总布胡同西口。第一次世界大战结束后，
德国沦为战败国，在中国和法国的要求下，克林德纪念碑被拆散，
于 1919 年移至中央公园重新组装，削除原有文字，改题为"公理战
胜"四字，以纪念第一次世界大战的胜利。然而第一次世界大战只
是西方列强重新瓜分世界的帝国主义战争，并非"公理"的胜利。
第二次世界大战和中国人民解放战争之后，中国人民终于摆脱帝国
主义的半殖民统治，建立了新中国。1952 年，为了纪念在北京召开

的亚洲及太平洋地区和平会议，"公理战胜坊"被更名为"保卫和平坊"，由著名诗人、学者郭沫若题字，屹立至今。这座牌坊的三次更名，也见证了中华民族晚清以来的反殖民历史。

和"保卫和平坊"一样，中山公园也经历了中国近代史上的重大历史变迁。就在朱启钤撰写《中央公园建置记》的 1925 年，伟大的革命先驱孙中山先生病逝于北京，停灵在中央公园社稷坛以北的"拜殿"，举行公祭。这座殿堂也因此更名为"中山堂"，中央公园则更名为"中山公园"，从 1928 年沿用至今。

见证变迁树与人

从社稷坛到中央公园，再到中山公园，这座中轴线近旁的园林，名称变了，功能变了，建筑也变了不少。可朱启钤念念不忘的，却是园子里不变的东西，例如坛内环绕耸立的参天古柏。他说这些古柏"大都明初筑坛时所树，今围丈八尺者四株，丈五六尺者三株，斯为最巨。丈四尺至盈丈者百二十株，不盈丈者六百三株，次之未及五尺者二百四十五株"，粗壮古老，郁郁森森，颇为壮观。这些古树见证了中国历史几百年的兴衰沉浮，"夫禁中嘉树，盘礴郁积，几经鼎革，无所毁伤，历数百年，吾人竟获栖息其下"，从皇家禁区内的祭祀乔木，变为市井游人的纳凉荫树，从帝王的私产变为全民的公物，怎不令人感慨叹息！朱启钤由此呼吁："惟愿邦人君子爱护扶持，勿俾后人有生意婆娑之叹！"他这里的"生意婆娑"，即树显蓬乱，生机衰退的意思。他希望这些古树，在人民的照料和爱护下，能够日益茁壮，展现国家的繁荣和富强！

朱启钤的这番话，体现了他对这座公园的深厚感情。毕竟，民国初年的中央公园，就是他亲自奔波，一手兴建起来的。朱启钤，字桂辛、桂莘，号蠖公、蠖园，祖籍贵州开州（今开阳），生于河南信阳。他是光绪年间的举人，在晚清曾任京师大学堂译学馆监督、北

朱启钤像

京外城警察总厅厅丞、内城警察总监、东三省蒙古事务督办等职。辛亥革命后，他曾任北洋政府交通总长、内务总长、代理国务总理。20世纪20年代后期，他因拥护袁世凯称帝而遭到通缉。后脱离政坛，一边经营实业，先后经办了中兴煤矿、中兴轮船公司等企业，并任董事长，一边潜心著述，于1930年创办中国营造学社并任社长。中华人民共和国成立后，朱启钤曾担任政协全国委员会委员、中央文史研究馆馆员，著有《蠖园文存》等。

朱启钤一生经历了从晚清到新中国的无数政治动荡，对于北京中轴线的诸多变迁，他不仅是亲历者，而且是当事人。例如改造正阳门城楼、拆除正阳门瓮城修建环城铁路、利用社稷坛改建为市民公园等工程，都是朱启钤在民国初年任内务部总长兼任京都市政督办时完成的。不过，改建正阳门是他的"官差"，而改建中央公园，

中山公园内的古树

则是他工作之余的"公益事业"。他在《中央公园建置记》中也特别强调："启钤于民国三四年间，长内务部，从政余暇，与僚友经始斯园。园中庶事决于董事会公议，凡百兴作，及经常财用，由董事蠲集，不足则取给于游资及租息，官署所补助者盖鲜。"从建园到日常运营，资金来源大部分是靠募捐筹集，小部分靠门票和房租收入，基本没有依靠政府的补贴。他撰写的这篇《中央公园建置记》，"谨述缘起，及斯坛故实，以谂（告诉）将来"，也为我们了解这座公园的前世今生，从"我国数千年来特重土地人民之表征"的社稷坛，转变为"封殖之任，不在部寺而在群众"的人民公园，提供了珍贵的一手资料。

受俘典礼午门前

——读《日下旧闻考》

宫城南门雁翅楼

午门，是紫禁城的正南门，也是今天参观故宫的入口。地支中的"午"在一天之中代表中午十二点太阳在最高点的时候，在一年之中代表仲夏最热的时候，对应五行，就代表正南方。午门的设计造型十分独特，从中轴线上一路走来，无论是永定门、正阳门，还是天安门、端门，都没有午门这么"有个性"。

午门整体呈"凹"字形，左右两翼折而向南，俗称"雁翅楼"。按《日下旧闻考》卷十引《大清会典》的说法："午门三阙，上覆重楼九间，南北彤扉各三十有六。左右设钟鼓楼，明廊翼以两观，杰阁四耸。左右各一阙，西向者曰左掖，东向者曰右掖。"午门包含东、西、北三座城台。其中北侧有三座门洞，其中的门楼为重檐庑殿顶，面阔九间，每间各有红色的门扇四扇，故南北各有三十六

清末的午门雁翅楼

午门北侧和内金水河

扇"肜扉"。正楼东西两侧及东西雁翅楼南侧各有一座重檐攒尖顶阙亭，颇有"三峦环抱、五峰突起"的气势，所以民间又称其为"五凤楼"。东西城台下靠北的位置，也各有一道门，东侧朝西的为"左掖门"，西侧朝东的为"右掖门"。这两座掖门外侧朝东或西开，内侧则朝北开门，与正门楼下的三座门平行。这五座门洞的风格也与其他券门不同，都是"外方内圆"，在午门外看是棱角分明的长方门洞，进到故宫里面回头一看，门洞的形状变成了圆拱形！

午门城楼三面环抱，形成了一个小广场。这个小广场今天是进故宫参观的必经之地，验票、安检、找导游、租讲解器，都在这个地方。那么在古代，午门及午门广场有什么功用呢？在清朝乾隆年间官修的《日下旧闻考》卷十中，有一段按语，概述了午门的功用：

臣等谨按：午门为顺治四年建，凡文武官出入由左，其右门惟宗室王公得行之。左右掖门各折而北，不常启。惟升殿视朝，百官各以东西班次由掖门入。殿试文武进士，鸿胪寺按中式名次引入。一名由左，二名由右，余仿此。凡视朝则鸣钟鼓以为节，亲视坛庙，出午门则以钟，祭享太庙则以鼓。如遇凯旋献俘诸大典，皇上御午门楼行受俘礼。午门之前，凡颁朔宣旨，及百官常朝，俱集于此。

概括一下，午门的常规功能当然是出入，另外有几个特殊功能：一是皇帝出宫祭祀时在此鸣钟击鼓，二是出征凯旋后在此行受俘礼，三是每年颁历在此举行。

"颁历"就是向全国颁发官方制定的次年时宪书，按惯例在每年农历十月初一举行，即"岁以孟冬一日颁来岁十有二月之朔"。"朔"就是初一的意思，每个月的初一确定了，各月有多少天、是否有闰月等情况便也都确定了。乾隆以后，为了避清高宗弘历的名讳，"颁历"改称"颁朔"。每年十月初一这一天，"王、贝勒、贝子、公以下文武百官咸朝服集阙下"，在午门外恭候，专门掌管天文历法的钦天监官员将制定好的次年日历摆放在午门外的临时台案上，一份入宫进呈给皇帝，其他则分发给王公百官，之后才能颁发给百姓。

清朝时午门举行的最盛大、特殊的仪式，莫过于受俘礼了。军队出征，凯旋之后，要将俘虏呈献于太庙和社稷坛，以告慰祖先、社稷，然后在午门外由皇帝接受俘虏，即"受俘"。下面就结合《日下旧闻考》里的其他记载，详细介绍一下清朝时午门举行的献俘受俘等活动。

献俘受俘仪式隆

在清朝，"献俘礼"和"受俘礼"在前后两天进行。据《日下旧闻考》卷十引《大清会典》的记载，"献俘礼"由皇帝派遣官员完成。"凡献俘之礼，择日皇帝遣官献俘于太庙。兵部官率解俘弁兵，以白组系俘颈，由长安右门、天安门右门入，至太庙街门外北面立。候遣官至，皆跪。遣官入庙行礼。复献俘于社稷坛，兵部官仍以俘跪候于社稷街门外。遣官诣坛行礼毕，兵部官率弁兵解俘出，献俘。"由兵部官员组织士兵押解着俘虏，俘虏脖子上都系着白丝带，从西侧的长安右门、天安门右门进入到端门前的广场。先在东侧的

午门东翼楼上的西走廊

太庙街门外跪下，由皇帝派遣的官员进入太庙行礼告庙；然后再到西侧的社稷街门外跪下，等候官员进社稷坛行礼，完成献俘仪式。

"受俘礼"于第二天在午门举行，而且由皇帝出席，"于先期工部设御座于午门楼正中"，为皇帝的驾临做好准备。"至日质明，内大臣率侍卫咸采（彩）服立两观翼楼阶上，护军统领率护军立阶下，均佩刀环卫。武备院张黄盖于楼檐外。銮仪卫设丹陛卤簿于阙下，丹墀卤簿于阙左右门南，金鼓铙歌于卤簿前，乐部和声署设丹陛大乐于卤簿之末。王公文武各官分班立，均与太和殿大朝礼同。"天

午门冬景

刚亮的时候，文武百官就依次分班站立，侍卫和护卫们分别站在午门东西翼楼的台阶上下，天子出行专用的仪仗队"卤簿"也陈列在午门广场中。负责押解和处置俘虏的主要是兵部和刑部官员，因此"兵、刑二部尚书侍郎立于右翼丹墀卤簿外"，"兵部官率解俘将校押俘立俟于右翼金鼓外，刑部官立于兵部之次"，由兵部官员押解俘虏站在广场西侧，刑部官员紧随其后。

　　一切准备就绪，由礼部堂官到乾清门，请皇帝出临。"皇帝御龙袍衮服，乘舆出宫"，这时午门开始鸣钟。等皇帝的车驾抵达太和门

时，要"鸣金鼓，奏铙歌"。皇帝登上午门城楼后才下车，就座后鼓乐告止，俯瞰午门广场。押解俘虏的将校军官先在"御道西"朝着北面的门楼"行三跪九叩礼"，退回原位；之后"受俘兵部官率将校引俘至金鼓下跪"。兵部尚书跪奏："平定某地，所获俘囚等谨献阙下。"大臣宣读皇帝颁发的制书。如果制书说将所献的俘虏交给刑部处置，那么刑部官员领旨后，兵部官员就将俘虏移交给刑部官员，由刑部官员押解俘虏出皇城审讯。如果皇帝决定赦免俘虏，那么就将俘虏松绑释放，叩头后由将校引导出天安门右门。最后，鼓乐大作，王公百官三跪九叩，"礼成"，献俘礼、受俘礼结束，皇帝在"鸣金鼓，奏铙歌"的又一轮鼓乐声中"乘舆还宫"。

文治武功饰太平

献俘仪式在中国有着非常悠久的历史，《礼记·王制》即云："天子……出征执有罪，反释奠于学，以讯馘告。"意思是说周天子出征凯旋，就会将擒获的"有罪"之人解送到学宫举行祭祀仪式，并汇报斩获数量、战斗结果等情况。其中"讯"就是指俘虏，因为擒获俘虏后要进行审讯；"馘"字，《说文解字》的解释是"军战断耳也"，古代打仗将敌方军士的左耳割下，用以计算战功，《左传·宣公二年》就有"俘二百五十人，馘百人"的记载。此后"俘馘"连用，指俘获和斩杀的敌人，有时也代指俘虏。乾隆四十一年（1776）清高宗在《金川平定御午门受俘即事成什》诗中说"真首函呈非或首，生人组系是孚人"，还咬文嚼字地"掉书袋"，在诗注中说："馘字从

182

或从首，盖或者疑辞，函首以献，其真伪原在疑似之间。至俘字从孚从人，孚者信也，执人以来，其生获实为可信。六书会意具有深义，顾昔人无论及者。兹当俘馘并陈，适得是联，天然切对，因并诠释之。"意思是说，以"馘"计功，容易弄虚作假，真伪难辨，所以这个字里面有个"或许"的"或"字；而生擒的战"俘"难以作假，更为可信，连这个字里面都带有一个表示信用的"孚"字。

午门献俘的仪式时间虽然不长，但威严肃穆，十分重要。与午门举行的其他仪式相比，受俘礼并非"常礼"，只在较大规模的征战胜利之后才会举行，对于很多参与者来说，是一生一遇的大典。例如明朝万历二十七年（1599），翰林朱国桢（1558—1632）就曾经历了明神宗在午门主持的献倭俘仪式，并记录道："上亲传拿去二字，廷臣尚未闻声，左右勋戚接者二，递为四，乃有声，又为八，为十六，渐震为三十二，最下则大汉将军三百六十人，齐声应如轰雷矣。此等境界，可谓熙朝极盛事。是日天气清和，余以廿七日持节出国门，封荣世子，躬逢其盛，良自不偶。"给他留下最深刻印象的，就是皇帝传谕之后，旁边的大臣、将领层层传声，直至三百六十名将军齐声呼喊，如雷声轰鸣，震耳欲聋。

献俘受俘的仪式，虽然是王朝"武功"的象征，但毕竟涉及战争和杀戮。因此古代帝王在炫耀战争胜利的同时，也要不断强调战争的合法性。例如清朝乾隆年间举行过四次午门受俘的仪式，每次乾隆皇帝都要写首诗，一方面是纪念战争胜利，另一方面也是宣扬战争的正义性。例如乾隆二十年（1755）《六月十八日午门受俘诗》就说"快晴天意顺，大礼众情愉"，同年《定北将军班第遣人解

清末民初的午门广场

达瓦齐至御午门受俘诗》又说"天德好生还贷死",乾隆二十五年（1760）《御午门受俘馘诗》还说"西海永清武大定,午门三御典昭详",并在诗注中反复强调被俘的敌将曾如何背信弃义,以及自己是如何宽大为怀。在乾隆四十一年（1776）的《金川平定御午门受俘即事成什》诗注中,乾隆皇帝还不厌其烦地追述了征讨准噶尔和两金川等历次战争合法性,并表达了向往和平、永无战争的愿望:"乙亥六月,征剿准噶尔,先获青海数酋罗卜藏丹津及新投顺复叛去策凌孟克之子巴朗、孟克忒木尔等来献。是年十月,因平定准噶尔,复获达瓦齐等,槛解京师,并御午门行受俘礼。庚辰正月,平定回部,函霍集占之首以献,复御午门受之,皆赋诗以纪。并有'从今更愿无斯事'之句。兹以两金川负恩反噬,不得已而用兵,幸赖天佑，集勋奏凯，且逆酋党羽全就俘获，实为尽善尽美。通计前后凡四举是典，从此益愿洗兵长不用矣！"

"陈仪凯献声灵赫，偃武欢腾礼乐彬。"（乾隆《金川平定御午门受俘即事成什》）中国自古就有"止戈为武"的说法，并随着《左传》等儒家经典的传播深入人心。午门献俘象征着战争的胜利，也象征着战争的终结。"从今更愿无斯事，休养吾民共乐康。"（《御午门受俘有作诗》）这种对和平的追求，也是我们的期盼。

钦定《日下旧闻考》

这里对于午门受俘以及颁历的记载，主要取材于《日下旧闻考》。这已经不是《日下旧闻考》这个书名第一次出现在本书中了，熟悉北京文史的朋友们更是对这个书名倍感亲切。我们今天就花一点笔墨，简单介绍一下这部北京古籍文献中的经典。

说到《日下旧闻考》，就不得不提另一部书：《日下旧闻》。您看这两个书名看着挺像吧，对了，它们可不是"李逵"和"李鬼"的关系，而更像是"爸爸"和"儿子"（或者称"爷爷"和"孙子"）的关系。因为《日下

朱彝尊像

185

旧闻考》就是《日下旧闻》的"考证"之作，是以《日下旧闻》为基础，增删改补后成书的，严格来说，应该写作《〈日下旧闻〉考》。所以要了解《日下旧闻考》，就得先从《日下旧闻》说起。

《日下旧闻》是清朝康熙年间的著名学者朱彝尊编著的一部北京历代史料集。朱彝尊字锡鬯，号竹垞、醧舫、松风老人，晚号金风亭长、小长芦钓鱼师，浙江秀水（今浙江嘉兴市）人，是清初文坛和学界一位举足轻重的风云人物。他年轻时未应科举，五十一岁时参加了康熙十八年（1679）的博学鸿词科，成为"布衣翰林"，参加修纂《明史》的工作。康熙二十年（1681）充任日讲起居注官，入值内廷，颇受清圣祖器重。康熙二十三年（1684）他因携抄手入内抄书而被弹劾降级，后复原官，康熙三十一年（1692）罢官回乡。此后朱彝尊在秀水家中建起著名的"曝书亭"，专事收藏和著述，直至康熙四十八年（1709）以八十一岁高龄辞世。《日下旧闻》是在康熙二十五年到二十七年（1686—1688），他谪居京城期间，和他的儿子朱昆田共同完成的。这部书分为《星土》《世纪》《形胜》《宫室》《城市》《郊坰》《京畿》《侨治》《边障》《户版》《风俗》《物产》《杂缀》十三门，书末附以《石鼓考》，汇集了一千六百余种史料，合计四十二卷。上起远古，下至明末，相当于一部完备的北京历代史料汇编，甫一问世，便得到朝野内外的交口称赞，甚至被视为北京地方志书中前无古人的佳作。《四库全书总目提要》甚至评价《日下旧闻》说"古来志都京者，前莫善于《三辅黄图》，后莫善于《长安志》，彝尊原本搜罗详洽，已驾二书之上"，认为该书是古今京师志中之翘楚。

北京古籍出版社点校本《日下旧闻考》（1985年精装版）

　　《日下旧闻》问世将近百年的时候，乾隆皇帝动员全国，搞起了轰轰烈烈的"《四库全书》工程"。这个时候他忽然想到了朱彝尊的《日下旧闻》。乾隆三十八年（1773）六月十六日，他向内阁发了一道"上谕"，说："本朝朱彝尊《日下旧闻》一书，博采史乘，旁及稗官杂说，荟萃而成。视《帝京景物略》、《燕都游览志》诸编，较为该备，数典者多资其（之）。第其书详于考古，而略于核实，每有所稽，率难征据，非所以示传信也。朕久欲详加考证，别为定本。方今汇辑《四库全书》，典籍大备，订讹衷是之作，正当其时。京畿为顺天府所隶，而九门内外，并辖于步军统领衙门，按籍访咨，无难得实。着福隆安、英廉、蒋赐棨、刘纯炜选派所属人员，将朱彝尊原书所载各条，逐一确核。凡方隅不符，记载失实及承袭讹舛、遗漏未登者，悉行分类胪载，编为《日下旧闻考》。并着于敏中总其成。每辑一门，以次进呈，候朕亲加鉴定，使天下万世，知皇都闳丽，信而有征，用以广见闻而供研炼。书成并即录入《四库全书》，以垂永久。"意思是说，《日下旧闻》这部书编得好，干脆咱们把它改造一下，作为官方钦定的京师志吧！趁着现在修《四库全书》，从民间征集来这么多好书，咱们把朱彝尊没看到的材料给加进去，把这几十年北京城内外的实际变迁也补充进去，好好地"考订"一下，就叫《日下旧闻考》好啦！

朱彝尊父子编纂《日下旧闻》，前前后后只用了两年时间，而乾隆皇帝下令官修《日下旧闻考》，却陆陆续续拖了二十年，直到乾隆末年才宣告完工。《日下旧闻考》对《日下旧闻》进行了一番彻底的改造，不仅增补了很多条目，调整了原有条目的次序，而且在原有门类的基础上，又增加了《国朝宫室》《京城总纪》《皇城》《官署》《国朝苑囿》等类别，打乱了原书的格局。更饱受争议的是，《日下旧闻考》增加了太多清朝的典章制度，以及清朝皇帝的御制诗文，把一部客观严谨的学术史料集改造成歌功颂德的官方文献集。尽管如此，《日下旧闻考》依然可以视作清朝中前期北京史地研究的集大成之作，至今仍有极高的文献价值。我们今天研究、品读北京中轴线，更离不开这部传世名著。

第四辑

钟鼓长庆

银锭桥 张维志绘

癸酉之变紫禁城

——读昭梿《啸亭杂录》

世袭亲王号啸亭

进入午门，就来到了昔日的紫禁城，今天的故宫博物院。方方正正的紫禁城占地七十二万平方米，各类殿宇房屋九千多间，是举世闻名的世界文化遗产。如果把故宫里的建筑一个一个说过去，恐怕三天三夜也说不完。咱们今天干脆就读一篇文章，由一位经常进出紫禁城、非常熟悉宫城格局的人，讲述一件他所亲历的、发生在紫禁城之内、震惊朝野的真实事件。

这件事，就是发生在嘉庆十八年（1813）的天理教起事。天理教是白莲教的一个分支，这个组织又称荣华会、白阳教，当年主要活跃在河南、山东、直隶（今北京、天津、河北地区）一带，首领为河南滑县人李文成、冯克善和京畿大兴县（今属北京市）人林清等。嘉庆十八年九月初，李文成等攻占了滑县，林清则领导北京地区教徒，于九月十五日从东华门、西华门攻入紫禁城，试图推翻清朝政权。这次起义虽然很快以失败告终，但时至今日，故宫仍保存着这一事件遗留下的痕迹。您如果到故宫参观，就能留意到，隆宗门匾额上残存的箭杆清晰可见，据说就是嘉庆年间的癸酉之变留下来的。

今天我们要读的这篇文章，题目就叫作《癸酉之变》，收录在清朝宗室爱新觉罗·昭梿（1776—1829）的《啸亭杂录》卷六中。在读《癸酉之变》这篇文章之前，我们必须聊聊昭梿这个人，为什么他能对紫禁城如此熟悉。昭梿，自号汲修、啸亭，又号檀樽主人。他生于乾隆四十一年（1776），是清太祖努尔哈赤次子、礼亲王代善的第六世孙。代善一脉是清朝"铁帽子王"之一，嘉庆十年（1805），昭梿的父亲礼亲王永恩逝世，三十岁的昭梿袭礼亲王爵，时常出入宫廷、参与政事，所以对紫禁城颇为熟悉。嘉庆十八年（1813）发生癸酉之变时，身为礼亲王的昭梿正在北京，主动进宫参与了防卫紫禁城的行动，并及时与其他参与防卫的王公大臣沟通交流，指挥部署，对整个事件的经过了解得十分详细，在《啸亭杂录》中的记录也颇为翔实生动。但此后不久，嘉庆二十年（1815），有人控告昭梿凌辱大臣、虐待庄头，他因此被削去王爵，由其从弟麟趾袭爵。昭梿本人也被圈禁，嘉庆二十一年（1816）提前获释后，便潜心著述，著有《啸亭杂录》十卷、《啸亭续录》五卷，以及《礼府志》《蕙荪堂烬存草》等作品。其中《啸亭杂录》《啸亭续录》最为知名，昭梿也因此闻名于世。

《啸亭杂录》是一部内容丰富的笔记，保存了大量有关清朝中前

民国时从景山南望故宫博物院

期的政治、军事、经济、文化、典章制度、官员轶事和社会风俗等
方面的珍贵史料。由于作者昭梿身份特殊，他的经历和交游也有别
于一般的满汉官员，他所记录的亲身见闻，往往能道他人之所不详，
敢讲他人之所畏言，与其他笔记或著述道听途说、辗转传抄迥乎不
同。《啸亭杂录》不仅内容丰富，而且真实度高，此后魏源的《圣武
记》、李桓的《国朝耆献类征》，以及《清史稿》等著作，都从《啸
亭杂录》中取材引录。加之昭梿自幼喜好读书，文笔出众，《啸亭杂
录》文笔清通晓畅，简练明晰，也得到了世人的认可。

角楼

我们今天要读的《癸酉之变》，就能反映出《啸亭杂录》的这些优点：昭梿以礼亲王的贵胄身份，亲历其事，亲见其人，亲闻其信，亲笔记录所见所思，翔实细腻，并且穿插议论，读来生动鲜活，如在目前。这篇《癸酉之变》讲述了天理教进攻紫禁城的前因后果及全部经过，篇幅较长，而且有些内容记载的是京城以外的情况，因此我们摘取与紫禁城有关的段落，一边品读昭梿的文章，一边回顾这段发生在北京中轴线核心的传奇史事。

东、西华门起事端

《癸酉之变》开篇，昭梿先介绍了天理教起事的起因及重要人物。身为清皇室的成员，昭梿站在维护清王朝的角度，将起义者视为"反贼"。在他看来，这是由"起自元末红巾之乱"的"白莲邪教"作祟，近些年京畿地区管禁不严，"久而益炽"，于是以林清为首，聚集交通，"遂蓄不逞之志"。

林清组织教徒进攻皇宫，主要有两方面内应：一是宫里的宦官，"大内太监多河间诸县人，有刘金、刘得财等，其家即素习邪教者，选入禁中，遂与茶房太监杨进忠等传教，羽翼颇众，因与林清交结"，通过老乡的关系进行传教，扶植为内应。二是八旗汉军的一对父子：独石口都司曹伦及其子曹福昌，据昭梿说，"家素贫，尝得林清佽助，遂入贼党"。曹家父子确实比林清等人更熟悉清朝廷的事务，比如曹福昌就建议在九月十七日起事，"盖以是日上驻跸白涧，诸王大臣皆往迎銮，乘其间也"。当时嘉庆皇帝正在从热河木兰围场回北京的路上，计划十七日到白涧镇（今属天津市蓟州区），到时驻守北京的王公大臣都会去白涧迎接，北京城的防守力量必然薄弱，更易于进攻紫禁城。但林清没有听从曹福昌的建议，还是坚持按原计划在九月十五日起事。

为什么九月十五日对林清来说这么重要呢？因为他迷信地认为，这一年的农历九月本来应该是"闰八月"，必须要在这个"闰八月十五日"起事，才是"天命所归"。原因之一，是天理教的"经书"中，有"八月中秋，黄花落地"之语，似乎昭示了这一天起事必然成功；原因之二，是清廷负责颁历的钦天监，此前曾"奏改癸酉闰八月于次春二月"，所以林清等人认为清朝"不宜闰八月，故钦天监改之"，必须在清朝"刻意回避"的"闰八月中秋"举事。尽管客观条件不如九月十七日，林清还是坚持选择了十五日这个"良辰吉日"。

九月十四日，林清组织二百名教徒，分两支队伍分别集合，"其东自董村至者，以祝现、屈五为首，约由东华门而入；其西自黄村至者，以李五、宋进财为首，约于菜市口齐集，由西华门而入"。在北京的中轴线两侧，对称地布置人马。此前北京城内外不断传出"有人要造反"的风声，但相关的各级官员为了逃避责任，都采取了放任不管的态度，昭梿也在《癸酉之变》中狠狠地批评了他们。

一切准备就绪，十五日中午，进攻紫禁城的行动如期在东华门和西华门同时开始了：

十五日午，太监刘得财引祝现等由东华门入，会有卖煤者与之争道，贼脱衣露刃，为司阍官兵觉察，骤掩其扉，贼喧然出刃，阑入者陈爽等十数人，屈五等皆遁逃。有今礼部侍郎觉罗公宝兴者，侍直上书房，甫退直出，适遇贼舞刀入，白光灿然，宝踉跄奔入。时署护军统领为杨述曾，汉军人，由参领起家，初无智略，因率数护军御之，杀数贼于协和门下，而官兵受伤者亦多。宝侍郎遂命掩景运门，入告皇次子。皇次子从容布置，命侍者携鸟枪入，并严命禁城四门，促官兵入捕贼。刘得财引二贼入苍震门，欲手刃太监督

清末东华门

紫禁城

领侍常永贵，泄其凤怨，为太监顾某击擒之。

其由西华门入者，时仓卒门不及阖，遂全队入，杨进忠与其徒高广福引之。尚衣监为制上服处，杨尝乞其补缀而不与值，司衣者拒之。杨以是隙，遂引贼入，全行屠害，存者无几，有老妇数人藏于荆棘中获免。遂入文颖馆，杀供事数人。陶凫芗编修梁方校书，闻门外履声橐然，突然问曰："金銮殿在何所？"其愚蠢也若此。陶仆骆升方提茶榼至，遂以身障凫芗，贼伤数刃，凫芗得以免。其贼遂丛集隆宗门，门已阖，有护军某，知事急，怀合符于身，亦被数刃，懵然卧阶下，合符得以保全。贼由门外诸廊房得逾墙窥大内，皇次子立养心殿阶下，以鸟枪击毙二贼，贝勒绵志亦趋入，随皇次子捕贼。复有二贼潜入内膳房屋中，众内监击杀之。

为什么要从东华门、西华门而入呢？因为紫禁城东、南、西、北四个城门，南门午门、北门神武门都不方便，只有东门东华门、西门西华门便于百姓靠近。紫禁城又称宫城，其外有皇城环绕，作为屏障。南边午门之外还有天安门、大清门，大清门以内就是"闲人免进"的禁区，只有官员出入办公，如果忽然闯进一二百名统一装束的百姓，必然引起骚动；北边神武门外就是景山，也是皇家禁地，绕行不便。而清朝皇室一直标榜"东安、西安、地安三门以内，紫禁城以外，牵车列阛，集止齐民"，不像"前明悉为禁地，民间不得出入"（《日下旧闻考》卷三十九《皇城》），因此在东华门外、东安门内，和西华门外、西安门内，多有百姓出入，如有太监作为内应带路，迫近东华门、西华门十分容易。例如由祝现、屈五带队的"东路"，就在东华门遇到了卖煤的车辆，由于争抢道路，提前暴露出兵刃，引起守门官兵的警觉。一百人的队伍，"阑入者陈爽等十数人"，连带头人之一屈五都"遁逃"了。李五、宋进财带队的"西路"，由于有太监引路，顺利闯入了西华门。

直攻中心"金銮殿"

天理教教众从东华门、西华门两路攻入紫禁城，他们的目标是哪儿呢？按他们自己的话说，他们要去"金銮殿"。可是整座紫禁城中，没有一座宫殿叫作"金銮殿"。"金銮殿"是唐朝太液池旁的一个宫殿名字，唐代大诗人李白曾有诗云："承恩初入银台门，著书独在金銮殿"（《赠从弟南平太守之遥（其一）》）。后来在戏曲小说中，往往用"金銮殿"称呼皇帝上朝理政的正殿，于是这个名字便在民间广泛流传起来。

明清紫禁城按"前朝后寝"设计，前有"三大殿"，从南往北依次初名奉天殿、华盖殿、谨身殿，嘉靖四十一年（1562）遇火重修后改名皇极殿、中极殿、建极殿，顺治二年（1645）更名为太和殿、中和殿、保和殿。其中太和殿是举行重大典礼的场所，如皇帝登基、

清末太和殿

大婚等仪式都在此举行，虽然不是民间想象的"上朝"地点，但却是名副其实的皇宫"正殿"，所以老百姓俗称的"金銮殿"，可以说就是指太和殿。

怎么攻入太和殿这座"金銮殿"呢？太和殿、中和殿、保和殿三座建筑同在一座"土"字形汉白玉台基上，前有太和门，后有乾清门，周围有廊庑，四角有崇楼，门禁森严，很难闯入。天理教教众在东西两侧，各找到了两个突破口：一是位于午门以北、太和门前广场东西两侧的协和门、熙和门，二是位于保和殿以北、乾清门前广场东西两侧的景运门、隆宗门。如果进入这四道门，他们就有可能在紫禁城的中轴线上会合，再从南北两侧包围三大殿，或向南进攻"后三宫"。

　　东路人马在进攻东华门时就有伤逃，因此战斗力大大削弱。他们在协和门遇到了"时署护军统领"杨述曾，此人在仓促应战间，"率数护军御之，杀数贼于协和门下，而官兵受伤者亦多"，造成双方都有伤亡。而景运门则在礼部侍郎宝兴的命令下及时关闭。当时在乾清门内上书房值班的宝兴正要下班回家，在禁宫内遇到了一群人挥舞着"白光灿然"的大刀往里闯，这位侍郎也被吓得不轻，"踉跄奔入"，通知皇次子，组织防守戒严。所幸的是，起事的队伍进入东华门后一路向西，直奔协和门，没有理睬北侧的文华殿及文渊阁，庋藏在文渊阁内的巨典《四库全书》得以保全。《四库全书》是乾隆皇帝下令编纂的大型丛书，收入了古今典籍文献三千余种，近八万

今日文渊阁

卷，约八亿字，规模空前，是中国古代最大的文化工程。整套丛书共计三万六千余册，几乎填满了整座藏书楼。文渊阁《四库全书》是七部《四库全书》抄本中的第一部，意义非凡，价值连城，几百年来经历过无数风险，后辗转运至祖国宝岛台湾，现由台北"故宫博物院"收藏。

与东路相比，西路人马在西华门没有遇到多少阻挡，几乎全队进入宫内。西华门内的武英殿与东华门内的文华殿左右对称，明末李自成攻入北京推翻明王朝后，就是在武英殿举行的称帝即位仪式。清朝康熙年间，武英殿成为内务府书局的办公场所，负责书籍的刊刻、印刷、装订等工作，刻好的书版也都收藏于此。内府刻书往往底本珍贵，品相精美，质量上乘，因此"武英殿本"（或简称"殿本"）向来为人称道。在西华门内，还有咸安宫、尚衣监、文颖馆等建筑和机构。天理教起事的教众从西华门进入后，先出于私愤屠杀了为皇族制作袍服的尚衣监人员，然后又闯入了位于尚衣监后面的文颖馆。文颖馆是编纂清代诗文总集《皇清文颖》的地方，当时有位翰林院编修陶梁（1772—1857）正在那里校书，他的仆人骆升以身护主，也被砍伤。

西路这些人没有向东攻击熙和门，而是从武英殿东折而向北，一路杀到了隆宗门外。这个策略恐怕是得到了内应太监的点拨，因为隆宗门位置十分重要。进入此门，便是乾清门外的小广场，清代中后期最重要的中央最高辅弼机构——军机处就在这个广场的西北角，紧邻隆宗门。如果进入乾清门，就相当于进入了内廷"后宫"。更重要的是，隆宗门以北的院墙内不远处就是著名的养心殿。从雍

道光皇帝像

正以后，养心殿就取代乾清宫，成为清朝皇帝实际上的寝宫，皇帝召见群臣、处理政务、读书、休息都在此处。从某种意义上讲，养心殿比"金銮殿"太和殿更接近清朝权力的中心。养心殿中还有乾隆皇帝精心打造的"三希堂"，王羲之《快雪时晴帖》、王献之《中秋帖》和王珣《伯远帖》三件稀世珍宝均庋藏于此。虽然此时嘉庆皇帝不在北京，但天理教教众"丛集"在隆宗门外，并"由门外诸廊房得逾墙窥大内"，严重威胁到了权力中心的安全，也暴露出清廷防御过于松懈等诸多问题。

好在之前准备下班出宫的礼部侍郎宝兴，在发现出事之后，把这一突发状况告知了嘉庆皇帝的次子绵宁。这位皇次子就是后来更名旻宁的道光皇帝。他生于乾隆四十七年（1782），此时已三十二岁，能够"从容布置"，一方面"命侍者携鸟枪入"，加强火力，另一方面"严命禁城四门"，增强防御。据昭梿说，当天理教教众从隆宗门外翻墙越脊，向内廷进发时，是皇次子"立养心殿阶下，以鸟枪击毙二贼"，保卫了养心殿的安全。

救援王公聚城隍

以上这些情况，虽然在《啸亭杂录》中描述得颇为生动，但却非昭梿亲眼所见。毕竟他本人并不居住在紫禁城内，是听说消息以后，才从自己家里飞奔入宫的。之后的记载，则多为昭梿的亲身经历，细节上也更为丰富细腻：

时诸王大臣闻变，皆由神武门入。余在邸，方与僮手弈，闻变，骋马入。至神武门，庄亲王绵课、贝子奕绍亦先后趋至，闻贼已聚攻隆宗门。纳兰侍郎玉麟方迎驾归，短衣踉跄入，皆聚集城隍庙门前，时官兵至者未逾百人，余皆仆隶而已。

众错愕无策，镇国公奕灏，勇士也，掌火器营事，因曰："是日火器营官兵，皆聚集箭亭以备出征（时有滑县之变），可招而至也。"余应声曰："君言大是。"伊乃骋骑去。时镇国公永玉、护军统领石瑞龄曰："禁内隘窄，恐有不测之变，可速备车乘，以备后妃之行。"余亦是其言。宗室原任大学士禄康首拂其论曰："此系何等语，乃敢出口耶？"众皆默然，其心实叵测也。成亲王永瑆后至，时已被酒，乃大呼曰："何等草寇，敢猖獗乃尔！贼在何处？俟吾手击之！"因脱帽露顶，势甚雄伟。时内监有言贼甚凶猛，已攻中正殿门，入者约计二百余人，盖即其党也。亦实有醇良辈登延薰阁数十人，眺览于外，屡促官兵，声泪俱下，惜不知其名也。

须臾，奕灏率火器营官兵入，凡千余人，鱼贯横枪，意甚踊跃，实祖宗百年涵养之功也。庄王因率百余人，并矛手数十，从西城根进，余在后督率官兵后至者，励以大义，皆奋勇前进。副都统公安成者，超勇公海兰察子也，少年勇锐。时方徐行，余抚其背曰："君乃勋臣世荫，不可有坠家声！"安乃奋勇而前。遥闻枪声耆然，知官兵已对敌也。

此前抵抗天理教教众的，基本都是紫禁城内部的常规防御官兵。由于常年太平无事，加之事发突然，这些官兵仓促应战，难免手忙脚乱。天理教的教众趁机攻到了保和殿以北、乾清门以南的隆宗门外。不过宫外的救援队伍很快赶到，包括身为礼亲王的昭梿。

昭梿自己说，他当时正在自己的府邸中和仆僮下棋，听说事变，迅速骑马赶到神武门。礼王府位于今天西黄城根南街 7 号、9 号，也就是在皇城西墙以外、西安门以南。据说这座府邸在明朝末年曾为崇祯皇帝的外戚、皇后之父周奎的私宅。甲申之变时，周奎作为明王朝的皇亲国戚，全家被李自成的大顺政权捉拿，不得不交出全部家产。清兵入关后，这座府宅后来成为礼亲王的王府。礼王府是铁帽子亲王府，规模宏大，房多地阔，重门叠户，院落深邃。嘉庆十二年（1807），在昭梿袭爵两年后，这座王府曾遭遇火灾，据说家产及丰富的藏书全部付之一炬，嘉庆皇帝为此还赏赐给昭梿一万两白银，帮助他在原址重建府邸。这次癸酉之变，昭梿从府邸出来，应该就是沿着今天的西安门大街一路向东，穿过北海与中南海之间的"金鳌玉蝀桥"，抵达紫禁城的北门神武门。

神武门在明朝和清初本名"玄武门"，以古代天文中的"四象"之一、代表北方的"玄武"命名。后来为了避康熙皇帝玄烨的名讳，改称"神武门"。当昭梿到达神武门时，庄亲王绵课、贝子奕绍等也都先后赶到。这些天潢贵胄凑在一起，听说天理教教众正在集中攻

清末民初的神武门

打隆宗门，于是纷纷跑到城隍庙门前聚集。"城隍"的本义是城墙和护城河，与"城池"的意思差不多，后来常常代指中国古代普遍信仰的守护城池之神，也就是民间常说的"城隍爷"。既然"城隍爷"的"职责"是守护城池，那么有城池就得有"城隍爷"，有"城隍爷"就得有城隍庙。紫禁城也是座"城"，而且城墙、护城河一应俱全，因此也得有城隍庙来供奉"城隍爷"。这座紫禁城的城隍庙，就在西北角楼的南侧，紧靠紫禁城的西城墙，前后三进院，从南向北依次是山门、庙门和正殿。昭梿说的"皆聚集城隍庙门前"，指的就是这里。

紫禁城西北角的城隍庙

城隍庙偏居一隅，离隆宗门"战场"也相对较远。这些驰援的
王公贵胄聚集在这里，是因为他们发现自己匆匆赶来，实际上也都
是光杆司令。当时传言天理教教众"入者约计二百余人"，而官兵
"至者未逾百人，余皆仆隶而已"，并没有多少兵力能够参与战斗。
敌众我寡，第一步就是纠集部队，增强战斗力。

仓促之间，从哪里调兵增援呢？恰巧有人想到，在紫禁城之内
就有一支生力军。当时为了应对以李文成为首的天理教教众在滑县
的起事，刚从火器营调集了一批精锐部队，在紫禁城内待命，时刻
准备出征。这个队伍驻扎在哪儿呢？箭亭。箭亭在"三大殿"中心
区的东侧，景运门外，奉先殿以东的一片空地之间。所谓"箭亭"
实际上是一座独立的大殿，面阔五间，进深三间，箭亭前面宽敞开
阔，是清朝皇帝及其子孙练习骑马射箭的地方，武举的殿试偶尔也
在这里举行。通过昭梿在《癸酉之变》中的记载，我们了解到箭亭
区域还可以作为临时调集的部队在紫禁城内的驻扎地。从箭亭调来
的火器营官兵有千余人，而且"鱼贯横枪，意甚踊跃"，士气旺盛，
一下子缓解了兵力不足的问题。

攻守易势隆宗门

在火器营官兵增援之前，昭梿等王公大臣已经在讨论是否该安排车辆以备转移后妃，这说明他们对紫禁城的防御形势很不乐观。有了这千余名训练有素的火器营官兵做保障，这些人也便有了底气，开始由守转攻。昭梿负责留守在城隍庙督促和调度陆续赶到的官兵，所谓"励以大义"，就是进行战前动员；另一位"铁帽子王"庄亲王绵课则带队向隆宗门进发：

时有数十贼入慈宁宫伙房者，庄王首射一贼，应弦而倒，官兵复枪伤数人，贼遂披靡。庄王同安成、奕灏先后追至隆宗门，贼首李五、祝现方积直宿者之仆被于檐下，意欲纵火。庄王率众攻之，擒获数贼，其余皆由南遁去。时副都统苏公尔慎、钮钴禄公格布舍方街命南征，入京整行装者，闻警趋入，亦首先杀贼。

从《癸酉之变》中的这段记录可以看出，绵课带领的这队人马，是从紫禁城西北角的城隍庙出发，"从西城根进"，沿着西城墙往南，然后向东穿越慈宁宫院落，到达隆宗门的。慈宁宫位于东六宫墙外以南，东北与养心殿隔墙而邻，是一个相对独立的院落，东院墙正与隆宗门相对。慈宁宫始建于明代嘉靖十五年（1536），明朝时主要是前朝皇贵妃的居所，清朝则为太皇太后、皇太后的住处，太妃、太嫔等人随居。康熙皇帝的祖母、著名的孝庄太后就曾居住于此。乾隆初年，又在慈宁宫以西修建了寿康宫，作为皇太后及太妃等的实际居所，慈宁宫正殿则成为太后举行皇太后圣寿节、公主下嫁等重大典礼的殿堂。其西南还有优雅精巧的慈宁宫花园，专供太后、太妃们游玩散心。不过嘉庆朝并没有皇太后，到嘉庆十八年（1813），连乾隆皇帝留下为数不多的"太妃"，绝大多数也都已过世，慈宁宫并没有什么重要人物居住。也正因此，绵课等人敢于穿行慈宁宫，并在慈宁宫的伙房遭遇到一伙天理教教众。

根据昭梿的记载，清廷人马赶到隆宗门的时候，天理教的教众已经将搜寻来的一些被褥堆积在隆宗门门槛下，准备放火烧门了。这里有个细节值得注意，前文说过"其东自董村至者，以祝现、屈五为首，约由东华门而入；其西自黄村至者，以李五、宋进财为首，约于菜市口齐集，由西华门而入"。也就是说，祝现是东路起事的首领，李五是西路起事的首领。我们知道，进攻东华门时，由于遭遇了官兵阻挡，另一位首领屈五逃跑了，攻入的十几名教徒也在协和门外有所折损。但不知通过什么渠道，东路的首领祝现还是从三大殿东侧转移到了西侧，与西路的李五等人会合，集中火力从西路进攻。刚才提到，镇国公奕灏从西北角的城隍庙"骋骑"到三大殿以东的箭亭搬兵，回来时官兵斗志昂扬，没说遇到抵抗，也可推测得知：此时东路已经没有天理教教众了。

隆宗门的教众，则遭遇到了庄亲王绵课、镇国公奕灏等人的攻击，"由南遁去"。往南逃是哪儿呢？就是太和门以南，与协和门相对的熙和门。《癸酉之变》接着记载道：

有侍卫那伦者，纳兰太傅明珠后也。少时家巨富，凡涤面银器，日易其一，晚年贫窭，一冠数十年，人争笑之。是日应值太和

午门北侧的西登城马道

门，闻警趋入。时有劝其缓行者，那故迂直，曰："国家世臣，当此等事，敢不急赴所守耶？"因急趋至熙和门。门已闭，那方傍皇间，适贼蜂至，遂被害。

这位那伦是康熙朝权倾一时之重臣纳兰明珠（1635—1708）的五世孙，著名词人、藏书家纳兰性德（1655—1685）的四世孙，他的祖父瞻岱（1700—1740）在乾隆初年官至甘肃提督，其父达洪阿为一等侍卫。所以那伦年少时家财巨富，以至于洗脸的银盆都要每日一换。即使晚年穷困潦倒，连帽子都换不起，一顶帽子戴了好几十年，被大家耻笑，他也没有忘记自己是清王朝的"世臣"，要在危急时刻出力报效。那伦应该是从西华门入宫，赶往太和门上班执勤，在熙和门外遇到了从隆宗门南下的天理教教众，遭到围攻和杀害。

此时熙和门也已关闭戒严，因此天理教教众改变策略，从之前的进攻"金銮殿"，改为占领城墙。昭梿追述道：

> 高广福时杂于众贼中，因引贼由马道上城，腰出白旗摇展，或书"大明天顺"，或书"顺天保民"，皆庸劣可哂，以白布裹首，呼号于雉堞间。奕灏、苏尔慎因上城驱逐，高广福持旗呼众间，奕灏弯弓射之，自城楼坠殒，众声欢忭如雷。……余督后兵自武英殿复道进，有理藩院员外郎岳祥，海兰察之婿也，貌甚勇健，与余路遇，愿从杀贼。时贼有迎拒者，镶蓝旗护军校常山以枪击之，坠于御河，

武英门

山即入河擒之。余即与之手绢以为识，众愈踊跃，时擒毙贼数十，官兵之势愈盛。贼有自投御河死者，有匿于城堞草中者，有匿于五凤楼者，如鸟兽散。

在太监高广福的引导下，起事教众登上紫禁城城墙，挥舞旗帜，呼喊着口号。这样的行动虽然是名副其实的"造反"，但没有人民群众的呼应，很难对清廷造成破坏性打击。清廷的王公、将领们也登上城楼，对起事的教众进行围剿。奕灏弯弓射箭，射死了领头的太监高广福，稳定了军心。说起来，这位奕灏也是皇家贵胄，他是康熙皇帝的废太子允礽的四世孙。允礽亡故后，雍正皇帝追封他为理亲王，但这个亲王却不是世袭罔替的"铁帽子王"，而是世袭递降。奕灏曾祖弘晰为允礽第十子，袭爵降为理郡王，其祖父永暧袭爵降为贝勒，其父绵溥袭爵降为贝子，奕灏于嘉庆六年（1801）袭为镇国公［道光十年（1830）革退］。之前王公大臣们聚集在城隍庙"错愕无策"之时，就是这位康熙皇帝的五世孙急中生智，亲自到箭亭征召来了火器营的官兵，被昭梿称为"勇士"。

昭梿自己也带着第二拨人马，一路向南，来到武英门前，一路上遇到了一些主动请战和英勇杀敌的官员。官兵"擒毙贼数十"，消灭了天理教的不少有生力量，剩下的教徒纷纷逃跑，有的沿着城墙逃到午门城楼，也就是"五凤楼"中藏匿起来，转为守势。

搜捕戒严"五凤楼"

天理教教众从东华门、西华门分别进攻紫禁城，是从九月十五日午时开始的。折腾了大半天，逐渐由攻转守，此时也已到日落黄昏的时候。昭梿所带领的清廷官兵，趁着月光，继续追捕四散藏身的入侵者。《癸酉之变》中还记载了一段昭梿与礼部尚书穆克登阿关于月光的对话：

时天殆黑，与今礼部尚书穆公克登阿遇，穆骤曰："天已昏黑，奈何？"余曰："今十五夜，有月光照耀。"盖安众心也。穆固长者，不解余意，因曰："月光终不及日。"余急指心以示，穆乃改曰："月光固皎如昼也。"

夜里搜人，无论如何也不如白天，穆克登阿是老实人，实话实说地指出即使十五满月的月光再明亮，可终究还是不如日光的照耀。昭梿则以"安众心"为目的，鼓励官兵一鼓作气，趁势追击。果然，就在当晚，"中夜时，有太监张泰者……时亦通贼，由城堞蛇行，伏于东华门马道上，为奕灏所擒，始知有内监通贼状"，成功在东华门附近的城墙上擒拿住一名做内应的太监。

整座紫禁城也进入严守四门、全面戒严的状态：

时庄王等皆入隆宗门内，余念西华门为贼突入之所，恐其乘夜夺门出，因率火器营兵数百屯于门侧。会成王命护军统领石瑞龄、义烈公庆祥、散秩大臣绵怀、副都统策凌分守四禁门，庆公祥仍率其所管正蓝旗护军营弁兵至西华门，会英诚公福克谨、原任礼部侍郎哈宁阿皆偕至。庆固多才智，其营参领赶兴为缅中失节之德森保子，人亦勇健，思干父蛊，因与余露宿驰道上。

西华门被大批天理教教众成功闯入，是薄弱环节，也最便于他们出逃，因此清廷派出重兵防守。昭梿本人也主动坚守此地，尽管西华门内房宇众多，可他却露宿在供车马驰行的大道上，以便随时警戒行动。

事实证明，西华门内的房屋院落，确实藏匿了不少天理教教众，十六日凌晨到黄昏，又先后在内务府衙门、南薰殿和御书处发现了数十名藏匿者或潜逃者：

至五更，月色皎洁如昼，余与庆公命岳祥率数十兵上城巡眺，庆公又命长枪手数十拒守西华门洞，终夜间寒风凛然。内务府衙门中尚有伏贼，砍某郎中肩逃去。闻大城内柝声丛杂，竟夜不绝，盖玉念农侍郎率步兵巡逻甚严密。……

天始明，有南薰殿人报其中有贼者，余率兵十数人入其栅内，余立土墩上指挥其众。有正红旗火器营护军校福禄者，冒险入，擒数贼出，贼有攀树逾垣者，亦为兵弁所获。有名史进忠者，人甚黠，余因命岳祥以善语诱之。其始言姓刘，盖以刘得财为可恃也，久之始得林清名姓，及李五、祝现率众入西华门语。……

日落时，有火器营领札某，入御书处巡视，闻石隙中有人语，出呼兵入。庆公命赶兴持刀首入，众兵弁随之，余与庆、福二公往拒其门。贼出与斗，官兵踊跃擒捕，如巢中捕雀焉，鱼贯累然擒出凡

从午门西望西华门

二十四人，首谋之苏拉亦与焉。余讯之，彼战栗无人色。李五甚狡捷，与官兵格杀，被伤甚重，是夜毙焉。官兵欢声如雷，士气益壮。

　　内务府全称"总管内务府"，是清代掌管皇家事务的最高管理机构，下辖广储司、会计司、上驷院、武备院等分支机构，其总部的办公机构就是"内务府衙门"。南薰殿是收藏供奉历代"明君贤臣"画像的地方。御书处曾名"文书馆"，主要负责摹刻、刷拓皇帝御制诗文、法帖手迹，并制造墨等用品。这三个机构大致都在西华门以东、武英殿西南的位置。

　　另一个天理教教众的藏身之所，就是午门"五凤楼"。十六日清晨，昭梿曾组织官兵，用当时较为先进的火枪，冒雨围攻午门城楼，但由于雨势太大，无功而返，退守到西安门内北侧的咸安宫。事后昭梿在《癸酉之变》中是这么说的：

　　天殆明，乌云自西北起，霹雳砉然，人皆辟易，俄而大雨如注，军士火绳俱灭。闻五凤楼中有人沸声，余命火枪齐发，然雨势甚大，因退屯咸安宫门下。是时兵弁无不怨雨非时者，后知是夜逸贼匿于五凤楼者，欲于是时纵火突出，会闻雷声惊溃，雨复灭其火种，固国家无疆之福，天有以佑之也。

午门北侧和内金水河

昭梿的意思是，这场大雨虽然浇灭了火枪，但同时也浇灭了天理教火烧午门的计划，看起来似乎"老天爷"还是站在清廷这边的。然而到了十七日，午门却发生了严重的渎职事件，将逃兵散，导致门户大开，无人防守。负责防守午门的副都统策凌却未战先怯，逃命去也：

> 守午门之策凌闻变，竟率兵开门首遁。赖皇次子遣安成巡察至午门，阒无一人，归报皇次子，改命公舒明阿代守之。舒招集前兵固守，得以无虞，此安成亲告余者。

所谓"闻变"，指的是当时紫禁城内外谣言四起，应该都是天理教的党羽及内应为呼应起事进行的造势。一会儿"忽传上自燕郊回銮"，或者"有冠五品顶戴花翎人驶马至，云欲调官兵出禁城御贼"，试图引诱守城的王公大臣、官兵将校出城，削弱紫禁城的防御；一会儿又"遍满街巷，讹言太平湖（在城西南隅）业经接战，又云西长安门已破"，人为制造恐慌，引发社会骚乱和动荡。据说"遍都城人声沸腾"，谣言满地，"闻是夜北城有兵家，其夫出守禁城，而家无一人，其妻闻变自缢者，又闻有全家殉节者"，人们出于对暴乱的恐慌而自杀，可见谣言对社会和普通百姓带来的灾难有多重。

当时，连昭梿这位堂堂铁帽子亲王，都承认自己一时慌了手脚："是夜，余闻变，亦愀然变色。"策凌的渎职，似乎也只是清廷人心涣散的另一个体现。好在还有巡逻的将官，发现了午门空无一人的荒唐局面，另派将领，召回官兵，保障了紫禁城的安全。大规模的暴乱也没有发生，只是虚惊一场："俄而大风翁嚣，新寒侵骨。至夜半，人声渐息，实无一贼焚掠，盖贼党煽惑，使我兵自践踏也。"不过，从后文嘉庆皇帝"命庄王及贝子奕绍等入太庙、社稷诸宫殿，搜捕余贼"来看，策凌的失职，还是造成了天理教教众从午门城楼逃走，向南潜入皇城内的"左祖右社"中。

事后议处乾清宫

随着十七日天理教首领林清在宋家庄遭到逮捕，两天后嘉庆皇帝回到紫禁城，这场令北京城人心惶惶的喧嚣总算告一段落。十九日，嘉庆皇帝回到北京，从朝阳门入城。入宫之后，"即下罪己诏"，"诸王公大臣集乾清门跪读"。乾清门位于保和殿之北、乾清宫之南，面阔五间，进深三间，既是紫禁城"外朝"与"内廷"的分割处，也是连接二者的往来通道。在保和殿后、乾清门前，有一片不大的空场，清朝"御门听政"举行早朝，就在这里举行。所以这次嘉庆皇帝的"罪己诏"，王公大臣们也是在乾清门外跪读。四天之前，就是在这片空场的西墙外，天理教教众围攻隆宗门，差点儿放火烧了门。

隆宗门内的北墙下，就是清朝著名的军机处。军机处始建于雍正年间，本为针对西北准噶尔用兵，方便皇帝随时召见大臣研究军政要务而设，所以选址乾清门外，紧邻皇帝居住的内廷。清廷平定了准噶尔叛乱后，军机处不但没有被撤销，权力反而进一步扩大，成为处理全国军政大事的常设机构，凌驾于内阁之上，是清朝真正的国家政务中心。像撰拟谕旨、处理奏折、议论大政、审拟大案、重要官员任免考核等事，都在军机处的职权范围之内。昭梿在《癸

西之变》中记载，九月十五日天理教起事当天，王公大臣都在手忙
脚乱地应对天理教教众的进攻，仍有"钮钴禄宗伯庆福，修髯垂腹，
公服挂珠，正襟坐于军机处阶上"，仿佛什么也没发生一样。有人问
他，他还说："今日望日，敢不公服？""宗伯"语出《周礼》，是职
掌宗庙祭祀的长官，后世代指礼部官员。这位庆福果然不负"礼部"
之名，乱局之际，还强调当天是十五"望日"，必须穿公服、戴朝
珠。连昭梿都讥讽他"迂执也若此"！

　　二十日，嘉庆皇帝"召王公大臣于乾清宫"，君臣对天理教起事
的原因及后续处理进行了讨论。乾清宫是内廷中轴线上的"后三宫"
之一。后三宫由南向北依次为乾清宫、交泰殿、坤宁宫，寓意阴阳
谐和、乾坤交泰。明朝时，乾清宫和坤宁宫分别为皇帝和皇后的正
寝。到了清朝，自雍正皇帝移居养心殿后，乾清宫成为皇帝召见廷
臣、批阅奏章、接见外藩陪臣，以及岁时受贺、举行宴筵等活动的

太和门和内金水桥

场所。清朝的坤宁宫则成为清宫萨满祭祀的主要场所，只有在皇帝大婚时才暂时用作行合卺礼的"婚房"。乾清宫和坤宁宫之间的交泰殿，则是皇后"千秋节"时接受庆贺的地方，清朝时玉玺等物也贮藏交泰殿内。后三宫与前三殿都位于紫禁城乃至北京城的中轴线上，曾经是中国政治中心之中心。

　　著名的"正大光明"匾，就在乾清宫正中宝座的上方。清朝康熙皇帝两次废黜太子之后，便打破了自古以来嫡长子世袭的宗法制传统，改为由在位皇帝秘密立储，驾崩后才公开继位的储君人选。据说雍正皇帝认为，由顺治皇帝题写的"正大光明"匾高高悬挂在乾清宫，庄严神圣，是紫禁城内最难私下窥窃的位置，因此规定立储密诏都要秘藏在"正大光明"匾后。这次在癸酉之变中处置得当、身先士卒的皇次子绵宁，被嘉庆皇帝誉为"功在社稷"，晋封为智亲王，甚至连他在养心殿射击教众的火枪，也被赐了个名字，叫"威

烈"。有人认为，绵宁是由于此事才得到了嘉庆皇帝的器重，最终得以继承皇位。但其实早在嘉庆四年（1799），嘉庆皇帝就已经遵循"建储家法"，将传位皇次子的诏书密封好了。为了减少其他人避讳的麻烦，绵宁即位后改名旻宁，是为道光皇帝。

二十三日，嘉庆皇帝亲自在中南海的丰泽园审讯天理教教众。昭梿在《癸酉之变》中记载了诸多对话等细节，以及这一事件的后续赏罚等，限于篇幅，这些发生在紫禁城外的精彩段落，只能割爱

军机处内景

民国时期的乾清宫内景

从省了。感兴趣的读者，不妨找来《啸亭杂录》从头到尾读一读。

昭梿按时间顺序记录癸酉之变，不仅细节丰富，描写了诸多细腻的场景、鲜活的人物，使读者如临其境、如见其人，而且条理清晰，对天理教教众和清廷官兵的行动路线，都记录得周详准确。读完这篇文章，我们会体会到，紫禁城的东、西、南、北四门，中轴线上的三大殿、后三宫，以及东西对称的文华殿、武英殿、协和门、熙和门、景运门、隆宗门等，这些威严而沉闷的建筑物，同时又充满了沉浮曲折的故事。下次您再去故宫参观，不妨以这篇文章为线索，以另一种视角踏访北京中轴线上这颗璀璨的世界瑰宝，或许别有一番独特的感受呢！

崇祯殉国万岁山

——读谷应泰《明史纪事本末·甲申之变》

景山东麓纪崇祯

从神武门走出故宫，对面就是景山公园。站在神武门广场往北看，眼前是一座郁郁葱葱的小山包，这座山就是景山。三百多年前的崇祯十七年（1644），就是在这座小山包上，明朝末代皇帝崇祯帝朱由检满目烽火，知道李自成起义军即将攻占北京城，大明王朝大势已去，无奈之下，在这里自缢殉国。如果您转到景山东麓，就会在山道旁看到两座石碑，一座上书"明思宗殉国处"大字，另一座题为"明思宗殉国三百年纪念碑"，纪念这段著名的历史。

这两座石碑并非同一时间竖立的。"明思宗殉国处"竖立于1930年，由当时的故宫博物院理事、著名书法家沈尹默书丹，署"故宫博物院敬立"。另一座"明思宗殉国三百年纪念碑"，则竖立于1944年，时距崇祯殉国的甲申之变恰好三百周年。当时中国人民抗日战争已持续了十三年，江河沦陷，中华民族在日本帝国主义的侵略下，面临着生死存亡的考验。反思三百年前的甲申之变，一时成为中国文化界的普遍思潮，最著名的就是杰出文学家、史学家郭沫若的《甲申三百年祭》。甚至处于沦陷区的北平，也由傅增湘撰文、陈云诰书丹、潘龄皋篆额，三位清末翰林合作，在景山竖立起"明思宗殉国三百年纪念碑"，借纪念明思宗殉国之机，指出"外侮日殷，内讧莫戢"，呼唤爱国和团结。

在中国历史上，亡国之君不胜枚举，但以身殉国的皇帝却是屈指可数。崇祯皇帝在万岁山自缢，从此这座"大内镇山"便与这位

景山东麓的"明思宗殉国处"碑

悲情皇帝产生了扯不断的联系。今天我们就读一段史文，节选自清人谷应泰（1620—1690）编撰的《明史纪事本末》卷七十九《甲申之变》，看看三百余年前的崇祯十七年三月十九日（1644 年 4 月 24日），崇祯皇帝在王朝与个人生命的最后时刻到底经历了什么，他又是如何选择万岁山作为自己的归宿的。

　　（丙午）是夕，上不能寝。内城陷，一阉奔告，上曰："大营兵安在？李国桢何往？"答曰："大营兵散矣！皇上宜急走。"其人即出，呼之不应。上即同王承恩幸南宫，登万岁山，望烽火烛天，徘徊逾时。

　　回乾清宫，朱书谕内阁："命成国公朱纯臣提督内外诸军事，夹辅东宫。"内臣持至阁。因命进酒，连沃数觥，叹曰："苦我民尔！"

崇祯皇帝像

以太子、永王、定王分送外戚周、田二氏。语皇后曰："大事去矣。"各泣下。宫人环泣，上挥去，令各为计。皇后顿首曰："妾事陛下十有八年，卒不听一语，至有今日。"皇后拊太子、二王恸甚，遣之出。后自经。上召公主至，年十五，叹曰："尔何生我家！"左袖掩面，右挥刀断左臂，未殊死，手栗而止。命袁贵妃自经，系绝，久之苏，上拔剑刃其肩。

又刃所御妃嫔数人。

召王承恩对饮，少顷，易靴出中南门。手持三眼枪，杂内竖数十人，皆骑而持斧，出东华门。内监守城，疑有内变，施矢石相向。时成国公朱纯臣守齐化门，因至其第，阍人辞焉，上太息而去。走安定门，门坚不可启，天且曙矣。帝御前殿，鸣钟集百官，无一至者。

遂仍回南宫，登万岁山之寿皇亭自经。亭新成，所阅内操处也。太监王承恩对缢。上披发御蓝衣，跣左足，右朱履，衣前书曰："朕自登极十七年，逆贼直逼京师。虽朕薄德藐躬，上干天咎，然皆诸臣之误朕也。朕死无面目见祖宗于地下，去朕冠冕，以发覆面，任贼分裂朕尸，勿伤百姓一人。"又书一行："百官俱赴东宫行在。"犹谓阁臣已得朱谕也。不知内臣持朱谕至阁，阁臣已散，置几上而反，文武群臣无一人知者。

这段文字截取的是《明史纪事本末·甲申之变》中，对崇祯十七年（1644）三月十八日（丙午）夜晚到次日凌晨的记录，细致描绘了崇祯皇帝自缢殉国前的经历，值得细读一番。

"纪事本末"讲甲申

《明史纪事本末》是一部专记明朝历史的"纪事本末体"史书。中国有着极其悠久的史学传统，随着历史的发展，也逐渐产生了不同类型的史书体例，例如以《春秋》《左传》《资治通鉴》为代表的"编年体"，以《史记》《汉书》等"二十四史"为代表的"纪传体"，等等。纪事本末体诞生于南宋，其特点是以历史事件为叙述主体，完整讲述某一历史事件的前因后果、始末经过。编年体按年月日记载各类重要史事，难以反映事件之间的联系，纪传体以"本纪""列传"等人物传记为核心，通过不同人物的生平串联起历史，也会出现"一事而复见数篇，宾主莫辨"的情况。纪事本末体史书虽然出现较晚，但却有效弥补了编年体和纪传体的缺憾，能够全面而具体地讲述重要的历史事件，脉络清晰，一目了然，因此成为与前两者并称的史书体例之一。

《明史纪事本末》成书于清顺治十五年（1658），主编谷应泰，字赓虞，别号霖苍，直隶丰润（今河北省唐山市丰润区）人，是顺治四年（1647）的进士。他于顺治十三年（1656）调任提督浙江学政，延请两浙名士，帮他编纂了这部纪事本末体的断代史书。全书八十卷，分为八十个专题，记载了从明朝"太祖起兵"到"甲申殉难"的重大历史事件，另有"补遗"六卷、"补编"五卷。该书成于明亡不久，取材广泛，内容翔实，文笔也较为老练，《四库全书总目提要》称赞它"排比纂次，详略得中，首尾秩然，于一代事实，极为淹贯"，"而遣词抑扬，隶事亲切，尤为曲折详尽"，给予了较高的评价。明清之际，追记甲申之变、崇祯殉国的史料很多，而且在很多细节上众说纷纭，莫衷一是。《明史纪事本末》卷七十九的《甲申之变》虽只是一家之言，但还是具有一定代表性和影响力的。

《甲申之变》一文是从"怀宗崇祯十七年春正月朔"开始讲起的，当时李自成已经"称王于西安"，建立了大顺政权。三月十五日，李自成领导的农民军已经占领北京西北的门户居庸关，十六日

清末民初的西直门箭楼

攻占昌平，当夜直逼北京城的平则门（阜成门），次日即对北京城西侧的德胜门、西直门、平则门及彰义门（广宁门）形成围攻之势。

而明朝官员、兵将却人心涣散，很多官兵不战而降，朝廷重臣与宦官之间矛盾凸显，"守门皆内官为政，卿贰勋戚不得上"，甚至谣传皇帝已经"南狩"出城避险。十八日（丙午）这一天，农民军攻势不减，"炮声不绝，流矢雨集"，到申时（15—17时），彰义门被太监曹化淳开闸献城，外城已破。崇祯君臣已经做好了"亲征"和"巷战"的准备。我们节选的段落，就是从这里开始的，"是夕，上不能寝"，崇祯皇帝通宵未眠。但他可能没有预料到，这个无眠的夜晚竟是他在人间的最后时光。

大势已去难逃命

《明史纪事本末》通过语言、动作等细节描写，真切地展现出明亡前夕大势已去、众叛亲离的状况。例如描写崇祯皇帝与一个报信宦官的交流："上曰：'大营兵安在？李国桢何往？'答曰：'大营兵散矣！皇上宜急走。'其人即出，呼之不应。"李国桢（1618—1644）号兆瑞，丰城人，崇祯三年（1630）袭襄城伯，当时是京营总督，专管北京城的防卫。据说李国桢此前游说崇祯皇帝要"强兵足饷"，但实际上"京军五月无饷，一时驱守，率多不至，每堵一人多不及"，所以紧要关头也起不到应有的防守作用。

另一方面，"大营兵散矣"或许只是那个报信宦官的敷衍之词，京营官兵未必真都四散降敌了。当时崇祯皇帝身边一个很关键的弊

从景山南望紫禁城

端，就是内侍宦官权力太大，甚至能按他们的心意，把控文武百官与皇帝之间的交流渠道。之前吏部侍郎沈惟炳把守西安门，就曾说："内守有宦寺，百官不得入，奈何？"痛心于内外阻隔，消息不通。从"其人即出，呼之不应"可以看出，这个报信的宦官似乎也并没有忠于职守，而是"大难临头各自飞"，在提醒崇祯皇帝赶紧出逃之后，便扬长而去，不再理睬皇帝的招呼。

　　京营官兵找不到人，内侍不听命，崇祯皇帝要想对北京城的真实战况有所了解，只能自己亲自进行侦察瞭望。去哪儿瞭望呢？——紫禁城后面的万岁山，也就是今天的景山。"景山"是清朝顺治年间起的名字，明末称这座山为"万岁山"。它还有一个俗称，叫"煤山"。"煤山"这个名称曾经流传很广，当时普遍认为，这座紫禁城以北、皇城禁区之内的小山包，不仅是"大内镇山"，而且

清末民初的安定门大街

"相传其下皆聚石炭，以备闭城不虞之用者"（沈德符《万历野获编》卷二十四），传说中整座山都是用煤炭堆积而成的，以防战乱时无法调运烧火的能源。不过，据明末太监刘若愚（1584—？）在《酌中志》卷十七中的记载，"煤炭成山"实属子虚乌有。他指出："久向故老询问，咸云土渣堆筑而成。崇祯己巳冬，大京兆刘宗周疏，亦误指为真有煤。如果靠此一堆土，而妄指为煤，岂不临危误事哉？我成祖建都之后，何等强盛，天下有道，守在四夷，岂肯区区以煤作山，为禁中自全计，何其示圣子神孙以不广耶？"当代的考古勘探也证明了刘若愚的说法，景山虽然俗称"煤山"，但实际上并没有煤。

虽然没有煤，但景山的战略地位依旧不容小觑。这座小山看似不高，却是北京城中轴线上的最高点，也是北京内城的中心点。登上景山的顶峰，既可以向南俯瞰整座紫禁城，又可以眺望北京城内外的形势。崇祯皇帝登上万岁山后，"望烽火烛天，徘徊逾时"，说明他已经明白大明王朝势如累卵，危在旦夕，自己必须全面思考各种可能性了。

危难之际，崇祯"朱书谕内阁"，将成国公朱纯臣视作托孤大臣，让他"提督内外诸军事"，掌管兵权，辅佐"东宫"太子。但内侍宦官把这道朱笔手书的"圣谕"拿到东华门内的内阁时，"阁臣已散"，本应轮流值班的内阁大臣们早已不知去向，内阁空无一人。宦官也是一副"事不关己，高高挂起"的态度，并没有考虑通知到位、落实到人，"置几上而反"，把这道朱谕放在内阁桌案上，就扭身回去了。至于谁什么时候能看到，则全然不管了。更可笑的是，这个宦官也没有把内阁无人的消息禀告崇祯皇帝，以至于崇祯临死前，还遗书"百官俱赴东宫行在"，认为内阁大臣已经看到了之前的朱谕。据说这道朱谕最后被攻入紫禁城的李自成拿到，崇祯皇帝的"托孤大臣"朱纯臣因此被杀。

说到这位成国公朱纯臣，也可以算作"逼死"崇祯皇帝的一根"稻草"。崇祯皇帝本来并没有一心赴死，而是希望微服出逃，闯出北京城。当时他"易靴出中南门。手持三眼枪，杂内竖数十人，皆骑而持斧，出东华门"，做好了战斗的准备。可惜由于是微服潜逃，守城的太监和官兵以为是敌人的内应，反而"施矢石相向"，可谓"大水冲了龙王庙，一家人不认得一家人"！这时崇祯皇帝想到去投奔自己高度信任的成国公朱纯臣。可惜"时成国公朱纯臣守齐化门"，齐化门就是朝阳门，当时朱纯臣正在守城，并不在家。崇祯皇帝"至其第"，到了他家门口，"阍人辞焉"，竟然被成国公的看门人给拒之门外了！俗话说得好："龙游浅水遭虾戏，虎落平阳被犬欺。"崇祯皇帝此时也只有无奈感叹，"太息而去"。然后他又往北，到了安定门前，但安定门守军哪里识得眼前何人，"门坚不可启"。

出城出不去，投奔大臣又被拒绝，折腾了一夜，天也快亮了。崇祯皇帝回到皇宫内，"御前殿，鸣钟集百官，无一至者"。当钟声响起，文武百官却没有一个人前来陪王伴驾，崇祯皇帝面对空空荡荡的皇极殿（后来的太和殿），真正体会到了什么叫"孤家寡人"。大势已去，除了投降，他只有赴死这一条出路了。

殉国追谥号思宗

对于崇祯皇帝及其家人的死，《明史纪事本末》也进行了细致的描写。尤其是描写崇祯皇帝亲手斩杀十五岁长女时的情景，一边悲叹"尔何生我家！"，一边"左袖掩面，右挥刀"，捂着脸不忍直视，只能挥刀乱砍，直到"手栗而止"，手颤抖得拿不动刀为止。"你怎么这么倒霉，生在我这个帝王之家！"这是一位父亲最朴素最绝望的爱。可怜这位豆蔻年华的长平公主，终究没有摆脱前朝皇室的政治身份，清廷没有同意她出家为尼的请求，而是下令让她与崇祯皇帝早年为她选定的驸马周世显完婚。婚后仅仅几个月，这位年仅十八岁的女孩子便撒手人寰，与世长辞了。

她的手足命运也同样悲惨。年仅六岁的昭仁公主被崇祯皇帝亲手杀死，三个兄弟——太子朱慈烺、永王朱慈炤、定王朱慈炯，则在甲申之变中下落不明，不知所终。太子朱慈烺、定王朱慈炯是崇祯的正宫周皇后所生，永王朱慈炤是崇祯已故的宠妃田贵妃所生。当时崇祯皇帝"以太子、永王、定王分送外戚周、田二氏"，希望他们能在各自母舅的庇护下逃过一劫。据清人徐鼒所撰《小腆纪年附考》卷四记载，当时崇祯皇帝见这三个孩子还穿着皇子的常服，"命持敝衣至，为解其衣换之"，让他们换上平民的破旧衣服，并且一边

从景山北望寿皇殿、地安门、鼓楼

亲手给他们系带子，一边嘱咐道："社稷倾覆，使天地祖宗震怒，实尔父之罪也；然尔父亦已竭尽心力。汝今日为太子，明日为平人，在乱离之中，匿形迹，藏名姓，见年老者呼之以翁，少者呼之以伯叔。万一得全，来报父母仇，无忘我今日戒也！"意思是说，你们以后就不再是皇子了，就是乱世的普通人，不能再以凤子龙孙自居，而要像普通老百姓一样，对老年人要叫爷爷，对年纪轻的要叫叔叔、伯伯，务必隐姓埋名，保全性命要紧！遗憾的是，十六岁的太子朱慈烺后来还是被李自成擒获，并在农民军退败时不知去向。

崇祯皇帝自己的死，也同样凄凉而悲壮。据说，他自缢时的形象是"披发御蓝衣，跣左足，右朱履"。这样的装束，完全丧失了一国之君应有的庄严和体面。这并不是因为崇祯皇帝情急仓促，丢盔弃甲般狼狈，而是他有意为之。他的衣襟前面有几行文字，其中说道："朕死无面目见祖宗于地下，去朕冠冕，以发覆面，任贼分裂朕尸，勿伤百姓一人。"希望自己的狼狈能够换回明朝列祖列宗的

清末民初的景山

宽恕，以及普通百姓的平安。三百年后，傅增湘撰写《明思宗殉国三百年纪念碑》文，说"揆之孟子民贵君轻之旨，大义凛然，昭示千古"，高度赞扬了崇祯皇帝的牺牲精神，指的就是"题襟有'任贼分裂，勿伤百姓'之语"这件事。不过，他在题襟遗诏中还说"虽朕薄德藐躬，上干天咎，然皆诸臣之误朕也"，没有反省自己的问题，而将农民起义、明朝灭亡归咎于天命和群臣，却显得怨天尤人，气量狭隘，与他众叛亲离的晚景颇为吻合。

崇祯皇帝自缢的地点，大部分史料都记载是在万岁山或煤山，但具体的位置则存在争议。按《明史纪事本末》的说法，崇祯皇帝"登万岁山之寿皇亭自经"，还说"亭新成，所阅内操处也"。然而在明朝的其他记载中，并没有关于"万岁山寿皇亭"这个建筑的记录，只是说万岁山以北有座"寿皇殿"。据《日下旧闻考》卷十九记载，"寿皇殿旧在景山东北"，清朝乾隆年间才移建到景山正北方，也就是今天寿皇殿的位置。那么崇祯皇帝自缢之所"寿皇亭"，或许就是这座位于万岁山东北、早已拆除的原寿皇殿。还有一种记载说，崇祯皇帝是自缢在一棵古树之下。后来不知怎么传说成是在槐树下自缢，还专门有一株所谓"罪槐"。1930年故宫博物院所立的"明思宗殉国处"，就在传说中"罪槐"的旁边，而不是在景山东北原寿皇殿的位置。

"明思宗"这个名字，也很有意思，它是南明政权弘光帝（福王）朱由崧最初为崇祯皇帝确定的庙号。众所周知，"崇祯"只是朱由检在位时的年号。作为末代之君，他殉国之后，明朝也随之灭亡，此后入主中原的清王朝和流亡的南明政权，分别为他取定了谥号，又都经过了改动。据清朝官修的《明史·庄烈帝本纪》记载，清军攻占北京后，"以帝礼改葬，令臣民为服丧三日，谥曰庄烈愍皇帝，陵曰思陵"，本来还给他定了庙号"怀宗"，后来考虑到他是亡国之君，后面没有子孙继承皇位了，礼法上不应称"宗"，所以取消了这个庙号，只称谥号"庄烈愍皇帝"，史书常简称为"庄烈帝"。而南明小朝廷最开始将崇祯皇帝的庙号定为"思宗"，后来群臣争议，认为"思"非美谥，甚至说西晋给亡国的蜀汉后主刘禅的谥号就是"思公"，这是对以身殉国的崇祯皇帝极大的侮辱。所以讨论来讨论去，改庙号为"毅宗"，谥号为"烈皇帝"。民国时期，受民族情绪影响，很多人刻意回避了清朝给予崇祯皇帝的谥号，像"明思宗殉国处""明思宗殉国三百年纪念碑"这两块碑就都袭用了南明政权曾定的庙号。

从"煤山"、"万岁山"到"景山"，层层书写的历史，记录了这座中轴线制高点所目睹的沧桑变幻，也见证了中国从古代走向近代、当代的风风雨雨。未来的故事，留待后人书写。

万宁桥畔游海子
——读刘侗、于奕正《帝京景物略·水关》

晚明小品记《水关》

沿着地安门大街继续往北走，眼看着鼓楼在望，已快到北京城中轴线的终点。您先别着急赶路，看见前面路两侧的玉石栏杆了吗？这就是著名的万宁桥，老百姓俗称"后门桥"。您站在后门桥往西瞅一眼——嚯，好大一片水域！咱们沿着中轴线从南往北走了一路，只看到了护城河、金水河、筒子河，还没瞧见过这么一大片湖水哪！这片湖水，就是北京著名的什刹海。

什刹海水域辽阔，南与北海相通，西北可达汇通祠——今天二环路的积水潭桥一带。咱们沿着湖岸往西北走，一边欣赏什刹海的美景，一边品读这篇精彩的晚明小品文《水关》：

京城外之西堤、海淀，天涯水也。皇城内之太液池，天上水也。

从万宁桥西望什刹海

游，则莫便水关。

　　志有之，曰"积水潭"，曰"海子"，盖志名，而游人不之名。游人诗有之，曰"北湖"，盖诗人名，而土人不之名。土人曰"净业寺"，曰"德胜桥"，水一方耳。土人曰"莲花池"，水一时耳。盖不该不备，不可以其名名。土人曰"水关"，是水所从入城之关也。玉河桥水亦关矣，而人不之名，是水所从出城之关也。或原焉，其委焉者举之。

　　水一道入关，而方广即三四里。其深矣，鱼之，其浅矣，莲之，菱芡之，即不莲且菱也，水则自蒲苇之，水之才也。北水多卤，而关以入者甘，水鸟盛集焉。

　　沿水而刹者、墅者、亭者，因水也，水亦因之。梵各钟磬，亭墅各声歌，而致乃在遥见遥闻，隔水相赏。立净业寺门，目存水南。坐太师圃、晾马厂、镜园、莲花庵、刘茂才园，目存水北。东望之，

方园也，宜夕。西望之，漫园、浞园、杨园、王园也，望西山，宜朝。深深之太平庵、虾菜亭、莲花社，远远之金刚寺、兴德寺，或辞众眺，或谢群游矣。

岁初伏日，御马监内监，旗帜鼓吹，导御马数百，洗水次。岁盛夏，莲始华，晏赏尽园亭，虽莲香所不至，亦席，亦歌声。岁中元夜，盂兰会，寺寺僧集，放灯莲花中，谓灯花，谓花灯。酒人水嬉，缚烟火，作凫、雁、龟、鱼，水火激射，至萎花焦叶。是夕，梵呗鼓铙，与燕歌弦管，沉沉昧旦。水秋稍闲，然芦苇天，菱芡岁，诗社交于水亭。冬水坚冻，一人挽木小兜，驱如衢，曰冰床。雪后，集十余床，垆分尊合，月在雪，雪在冰。西湖春，秦淮夏，洞庭秋，东南人自谢未曾有也。

东岸有桥，曰海子桥，曰月桥，曰三座桥。桥南北之稻田，倍于关东南之水面。

"北漂""土著"合作记

这篇《水关》出自刘侗、于奕正合著的《帝京景物略》卷一。细读《水关》之前，咱们先聊一聊《帝京景物略》这本书。这本书编著于晚明，是研究北京历史文化的学者、爱好者人尽皆知的一部著作。全书分为八卷，卷一至卷五介绍北京城区内外的名胜景物，卷六、卷七专门记述西山名胜，卷八则延伸至畿辅名胜，包括北京远郊及河北地区的名胜。每处名胜自成一题，每题之下，先有一篇小品文记述风景，然后罗列古今诗歌。您既可以把它当历史笔记来读，也可以把它当文学作品来读，甚至有人将它视作北京的"民俗志"或"旅游指南"。自从崇祯八年（1635）问世以来，《帝京景物略》被大量征引，多次翻刻，影响极大，清朝乾隆年间的大学者纪昀还曾特意重编过这部书。不过我们今天读的这篇《水关》，并没有经过纪大学士的改编，是作者在崇祯年间编撰时的原貌。

《帝京景物略》的作者，主要有两位。一位是刘侗，字同人，号格庵，湖广（今湖北）麻城人。他曾到北京捐监生，后来在顺天乡试考中了举人，崇祯七年（1634）又中了进士。在此期间，他客居京城，结交了另一位作者于奕正。于奕正，原名继

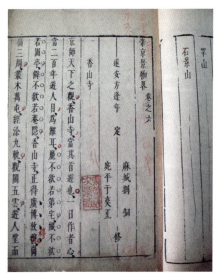

北京出版社点校《帝京景物略》之底本

鲁，字司直，宛平（今北京）人。刘侗和于奕正志趣相投，合作编撰了这部《帝京景物略》。两人分工明确，配合默契。据刘侗在自序中说："奕正职搜讨，侗职摘辞。事有不典不经，侗不敢笔；辞有不达，奕正未尝辄许也。"于奕正也说："奕正摭事，疑者罔滥，信者罔遗；刘子属辞，怪匪撰空，夸匪溢实。"由此可知，于奕正主要负责收集资料、调查采访，刘侗则负责执笔撰文。两个人都是"好游"之人，对这部书收录的一百多处景物，每处都很熟悉，所以彼此之间可以互相监督：刘侗监督于奕正搜集的材料是否全面和可信，于奕正则监督刘侗撰写的文字是否贴切和真实。遇到有争议的地方，两人还会实地踏访、田野调查，甚至字斟句酌，为细节问题"动色执争"，激烈辩论。这样亲密无间的合作精神、严谨细致的创作态度，才造就了这部影响深远的传世名作。

　　一位旅居的"北漂"和一位本地的"土著"，共同成就了这部记述北京景物风土的著作。这样的合作有一个好处：本地人司空见惯、习焉不察的气候和风物，外地人能更敏感地捕捉和描绘；而外地人很难一下子洞悉的习俗、土语，本地人却深有体会，能道其详。所以在《帝京景物略》中，我们既可以读到南方人对北国冰雪风光的赞叹，对严寒、酷暑的抱怨，又能读到北京本地的童谣、俗称甚至"儿化音"。咱们读这篇专记什刹海一带风光的《水关》，也能体会到这一点。

"游人之水"什刹海

　　什刹海这片水域，名字屡经变迁：元代时统称"积水潭"，俗称

"海子"。这个"海子"，并不是那位创作了《面朝大海，春暖花开》的著名诗人海子。"海子"是当时北方口语方言里对湖沼等大片水塘的称呼，这个"子"字要读轻声。北京城内，皇城以外，只有这么一片辽阔的水面，所以老百姓就直接以"海子"呼之。明清以后，原本连成一片的海子被德胜门大街切断，仅靠德胜桥下的一脉细流东西相连，一般将德胜门大街以西的水域仍称"积水潭"，以东的水域则称为"后海"或"什刹海"。细究其名，"什"者，十也，多也；"刹"者，寺庙佛塔也；"什刹海"者，寺庙环立之海子也。不过，所谓"积水潭"沿岸同样寺庙环布，所谓"什刹海"同样是积水成潭，"积水潭"即"什刹海"，"什刹海"亦"积水潭"，其实一也。所以这一大片水域，今天又重新统一了名字，统称什刹海，从南往北，从东往西，依次称为前海、后海、西海。

晚清的什刹海

您要问：哎哟，这么一个湖，怎么这么多名字啊？——嘿嘿，这个问题您问得好！不过我先卖个关子，待会儿再回答您。这里先告诉您：积水潭、什刹海还都是不同时代的"官名"，"土名"还有好几个哪！像《帝京景物略》，就将现在"西海"这一带称为"水关"。别看名字变来变去，有一点，这片赏心悦目的水塘始终未变的，就像《帝京景物略》里说的，它是"游人之水"。

什么叫"游人之水"呢？这是跟"天涯之水""天上之水"比较而言的："京城外之西堤、海淀，天涯水也。皇城内之太液池，天上水也。游，则莫便水关。""天涯水"太远了，从西直门到海淀，十几二十里路程，现在开车或坐地铁，可能半个小时就到了，但古代步行为主，一走就要走上几个小时；"天上水"，看得见摸不着，北海景色虽美，可那时候却是在皇城禁地之内，不是买张门票就能进去闲逛的啊！所以要想在北京城里游赏水景，则没有比"水关"更方便的了！

接下来，《帝京景物略》的作者，就详细地分析了一下"水关"这个名字："积水潭"也好，"海子"也好，都是志书上的"官称"，我们游人可不这么叫。游人怎么叫呢？文人墨客写诗作赋，称之为"北湖"，太雅了，当地老百姓一般也不这么叫。老百姓的叫法可就多了！有人管这片地方叫"净业寺"或"德胜桥"，可寺也好，桥也罢，都只是水岸边的某一处地点，这不是以偏概全嘛！有人因为夏天的遍池荷花，管这片水域叫"莲花池"，可那只是四季中的一时景色啊！所以这些名字，在刘侗、于奕正看来，都是"不该不备"的——这个"该"字是个通假字，通"赅"，就是完备、全面的意思。

　　既然叫德胜桥、莲花池都不够完备，都不能以之来命名，那么为什么"水关"这个名字可以呢？因为这片什刹海，特别是西海（积水潭），紧邻流入北京城的水关。我们在今天的"汇通祠"一带盘桓，小山丘西侧，"西海西街"之畔，山石下有个关口，水哗哗自西北方向的暗河中流过来，注入积水潭里，这就是鼎鼎大名的"水关"。作者进一步分析：这一水系的东南方向，当河水流过"玉河南桥"，通过正阳门与崇文门之间这段城墙下的水道流入城墙外的护城河时，这里也有个"水关"。为什么这后一个"水关"不如前边那个叫得响呢？因为那边已经是即将出城的下游了啊！只有位于北京城西北角的"源头"，才更以"水关"闻名哪！

　　说到这儿，您明白为什么什刹海名字这么多了吧！一来是因为历史悠久，这一大片湖水在这个地方，少说也有七八百年的历史了。二来是因为受人欢迎，无论"诗人""游人""官人""土人"，都爱来这个地方吟诗作赋、采风赏景，你管它叫"莲花池"，我管它叫"什刹海"，取名的人多了，名字自然也就多啦！

水甘鸟盛物产丰

　　什刹海不仅名字多，游人多，物产也极其丰富，按《帝京景物略》的原话，是"水之才也"。何以见得呢？"其深矣，鱼之，其浅矣，莲之，菱芡之，即不莲且菱也，水则自蒲苇之，水之才也。北水多卤，而关以入者甘，水鸟盛集焉。"水深的地方，鱼群游弋；水浅的地方，莲藕、菱角遍布；没有莲藕、菱角的地方，则生长着大

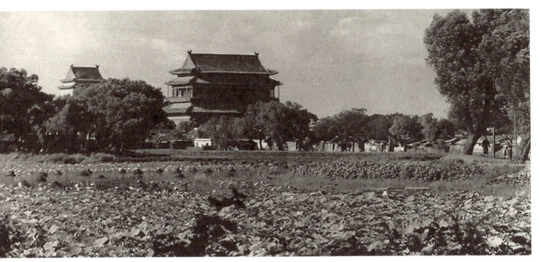

晚清的什刹海荷塘

量的蒲草和芦苇。而且什刹海这片水域，水质甘甜，鸟类也爱栖息于此。鱼、鸟和莲藕等水生作物的价值自不待言，就是不起眼的蒲草，也大有功用哩！蒲草的学名叫"水烛"，嫩叶部分可以食用，花粉称为"蒲黄"，可以入药，茎叶可以造纸，茸毛还可以用作睡枕的填充物，透气而保暖。

要知道，相较于南方地区，北方原本干旱少水，而且水质往往不佳，即所谓"北水多卤"是也。这个"卤"字，按其《说文解字》中的本义，就是"西方咸地"的意思，也就是盐碱地，后来引申指咸苦的味道。老北京人都知道，北京的井水，苦水多，能饮用的甜水井少之又少，是稀缺资源。如今的"南水北调"工程，北方老百姓真是享了福了！既要感谢中央政府的统一规划调度，又要感谢南方人民的慷慨相助哪！——所以，在北京这么个缺水的城市，竟然出了个水质甘甜、水产丰富的什刹海，这"水之才"三字真是当之无愧啊！

紧接着，作者从水及岸，描写了西海沿岸的妙丽风光："沿水而刹者、墅者、亭者，因水也，水亦因之。梵各钟磬，亭墅各声歌，而致乃在遥见遥闻，隔水相赏。"曾经的古刹亭台，随着时光的流逝，大多只留下了名字。钟磬之声，也为市井嘈杂取代。但这句"因水也，水亦因之"，真是说得太好啦！欣赏什刹海，一定要"遥见遥闻，隔水相赏"。光盯着眼前的湖水看，那就成了鱼鹰捕鱼，欣赏不了满池的荷香、悠游的舟船，以及岸边穿梭如织的游人、各具情调的酒馆。而也必须有这辽阔水面、荡漾清波的衬托，对岸的美景才多了一番潇洒与闲适、从容与豁达。这，就是什刹海数百年未变的风景。

四季佳妙各不同

同样"未变"的，还有什刹海一年四季的景色"变化"。盛夏之时，"莲始华，晏赏尽园亭，虽莲香所不至，亦席，亦歌声"。伴着荷花的阵阵清香，沿岸的别墅酒家日日笙歌，那歌声仿佛一直飘荡到今天。夏天的傍晚，您去什刹海附近的荷花市场或酒吧街走走坐坐，依然能领略到昔日的繁华。

一年最热闹的要数农历七月十五中元之夜，按民间风俗，这一天要举行"盂兰盆会"，或称"盂兰会"，这是汉传佛教的一个传统节日，是中国的"鬼节"。和西方的传统"鬼节"——"万圣节"类似，中元节也是一场夜幕下的狂欢："岁中元夜，盂兰会，寺寺僧集，放灯莲花中，谓灯花，谓花灯。酒人水嬉，缚烟火，作凫、雁、龟、鱼，水火激射，至菱花焦叶。是夕，梵呗鼓铙，与燕歌弦管，沉沉昧旦。"西方人做"南瓜灯"，我们中国人的"鬼节"，做的是"莲花灯"，放在水面上，为逝者祈福。水面上还点燃各式的烟花，制作成野鸭、大雁、乌龟、游鱼的形状，在水光的映衬下激情四射地燃烧，扩散着光芒与欢乐。与之相伴的，还有寺院中鼓铙齐奏的

清末民初的什刹海荷花市场

唱经之声，与世俗人家管弦相伴的宴会之乐此起彼伏，彻夜不停，直至烟火渐熄，东方既白。

到了秋季，什刹海便成了诗人们的天堂。唐代大诗人刘禹锡有言："自古逢秋悲寂寥，我言秋日胜春朝。晴空一鹤排云上，便引诗情到碧霄。"秋水共天，落霞飞鹜，恰是文人骚客诗兴盎然之际。什刹海的秋天，"芦苇天，菱茨岁，诗社交于水亭"。清雅的北方秋色，

秋意正浓的什刹海

孕育了元代诗人宋本的"十顷玻璃秋影碧"（《海子》），明代文豪袁宏道的"一泓寒水半庭莎"（《游北城临水诸寺，至德胜桥水轩》）、"秋容瑟瑟上菱芦，湖上青山镜里姝"（《北安门水轩》）。一代代文人骚客，吟咏讴歌，留下多少名篇佳作。斯人已逝，诗魂犹存。

　　夏天有夏天的繁闹，秋季有秋季的清宁，而最让南方人刘侗所惊叹和羡慕的，还是什刹海的冬日风光："冬水坚冻，一人挽木小

兜，驱如衢，曰冰床。雪后，集十余床，垆分尊合，月在雪，雪在冰。西湖春，秦淮夏，洞庭秋，东南人自谢未曾有也。"民间的冰车、冰床，在冰面上穿梭往返，如行通衢大道，这已经令秦岭、淮河以南的游人目瞪口呆；更令人啧啧称奇激赏的，则是雪后晴夜，在什刹海冰面上静心赏月。雪色映着月色，更衬得清凉世界玲珑剔透，冰雪晶莹。来自湖北麻城的刘侗不禁感叹道，什刹海之春、夏、秋，或许尚有杭州之西湖、南京之秦淮河，以及我们湖广之洞庭湖可以媲美，但什刹海的冬日美景，是北京才独有的城市美景啊！

东岸有桥名万宁

我们从万宁桥折向西北，一路跟着《帝京景物略》欣赏了什刹海的春、夏、秋、冬四季景致，折返而东，便回到了中轴线上的万宁桥。"东岸有桥，曰海子桥，曰月桥，曰三座桥。桥南北之稻田，倍于关东南之水面。"由此可知，当年桥南北曾是稻田漾漾成片的。可惜附近这些稻田，如今早已不见了，只有这座桥留了下来。

像什刹海一样，万宁桥由于地处要冲、历史悠久，也被各方人士赋予了很多名字。据元人熊梦祥《析津志》记载："万宁桥在玄武池东，名'澄清闸'，至元中建，在海子东。至元后复用石重修，虽更名'万宁'，人惟以'海子桥'名之。"可知"万宁桥"之名，是元世祖至元年间（1264—1294）便已存在的"官名"，只是老百姓还是以桥西著名的"海子"来称呼它，管它叫"海子桥"。《帝京景

昔日什刹海

物略》以及同代稍早的《燕都游览志》，都没有提到"万宁桥"之名，而是直接以"海子桥"呼之，可见当时这个名字是多么家喻户晓，在人们心中甚至取代了官名。

不过，《帝京景物略》"东岸有桥，曰海子桥，曰月桥，曰三座桥"的表述，还是引发了一点争议：什刹海的东岸，到底是有三座桥，还是一座桥有三个名字？这个问题，我们还是从晚明孙国敉的《燕都游览志》中找到了答案："海子南岸旧有海子桥，亦名月桥，俗呼三座桥。"原来"月桥""三座桥"，都是"海子桥"以外的别称，都是指这座万宁桥。

除了这座"海子桥"，《燕都游览志》还提到了什刹海上的另一

什刹海上的银锭桥

座著名的桥：银锭桥。"银锭桥在北安门海子三座桥之北，此城中水
际看西山第一绝胜处也。桥东西皆水，荷芰菰蒲，不掩沦漪之色。
南望宫阙，北望琳宫碧落，西望城外千万峰，远体毕露，不似净业
湖之逼且障也。"孙国敉真可谓慧眼如炬，一下子就发现了银锭桥是
眺望西山的"第一绝胜处"！您没看到今天银锭桥畔还立着"银锭观
山"的刻石呢嘛！

　　这就是什刹海的神奇：几百年来，它的名字一直在变，不变的，
是风景的秀美、酒肆的繁闹，是夏日荷塘的清芬、冬季冰面的素雅，
也是本地人与外地人对这片"游人之水"共同的眷恋和热爱。

钟鼓相闻镇中轴

——读吴长元《宸垣识略》

《宸垣识略》略识钟鼓楼

过了万宁桥，沿着鼓楼大街再向北，就到达了北京城中轴线的终点：钟鼓楼。"钟鼓楼"其实是两座楼。鼓楼在南，正对着鼓楼大街和地安门大街，内城中轴线的通衢大道也到此而止；钟楼在鼓楼之北，是中轴线的最终之点。钟楼以北直到北城墙，也就是今天的北二环路，都是民房，正北方既无城门，也无大路。当年去往北城墙，需要绕行钟鼓楼以西的旧鼓楼大街，或者钟鼓楼以东的北锣鼓巷。如果想从北侧出北京城，要么向东出安定门，要么向西出德胜门。北京中轴线上虽有"前门"，却是没有"后门"的。为什么呢？因为专看风水的"堪舆家"们说，城之北墙开了门，会"泄"了"王气"。所以元修大都、明修北京城，都在《周礼·考工记》"方九里，旁三门"的设计上加以改良，北侧只开东西二门，中轴

民国时期俯瞰钟鼓楼

线上不设北城门。

　　钟楼与鼓楼，是为全城报时而建的。既然要为整座北京城报时，为什么却偏居一隅，在北京城北侧、中轴线的终点上呢？今天咱们就读一段《宸垣识略》中的文字，来了解北京城钟楼、鼓楼的前世今生。

　　《宸垣识略》是清朝中期的文人吴长元编纂的。吴长元，字太初，浙江仁和（今杭州）人，生平事迹不详。从当时的著名学者、《四库全书》纂修官邵晋涵和余集为《宸垣识略》所作的序文可知，吴长元是一位旅居京城、长于校雠的潦倒文人。他所编纂的《宸垣识略》共计十六卷，初刻于乾隆五十三年（1788），主要是根据《日下旧闻》和《日下旧闻考》这两部卷帙浩繁的鸿篇巨制，去芜存菁，删繁就简，形成一部记载北京史地沿革的"事详语略"之作。其例言中明言"是编为游览而设"，是一部二百多年前的旅游指南。该书卷六《内城二》中，对鼓楼和钟楼的方位及历史渊源进行了细致的记载：

鼓楼在地安门北金台坊，旧名齐政楼，元建。上置铜刻漏，制极精妙，故老相传以为先宋故物。其制为铜漏壶四：上曰天池，次曰平水，又次曰万分，下曰收水。中安铙神，设机械，时至则每刻击铙者八，以壶水漏为度，涸则随时增添，冬则用温水云。按今鼓楼不用铜壶等物，惟以时辰香定更次。其漏壶室犹存，铜刻漏无考。

清末民初的钟楼

齐政楼，都城之丽谯也。东，中心阁，大街东去即大都府治所；南，即海子桥、澄清闸；西，斜街过凤池坊；北，钟楼。此楼正居都城之中。楼下三门。楼之东南转角街市，俱是针铺。西斜街临海子，率多歌台酒馆，有望湖亭，昔日皆贵官游赏之地。楼之左右俱有果米饼面柴炭器用之属。齐政者，《书》"璇玑玉衡，以齐七政"之义。

钟楼在金台坊，东即万宁寺之中心阁，元至元中建。今之钟楼在鼓楼北，明永乐中建，后毁于火。本朝乾隆十年重建，有御制碑。

钟楼之制，雄敞高明，与鼓楼相望，有八隅四井之号。盖东西南北街道最为宽广。至元中建，阁四阿，檐三重，悬钟于上，声远愈闻之。

这段文字追溯了鼓楼和钟楼从元朝到清朝的历史，看起来似乎深入而周详。但实际上，吴长元在引录前人记载时，删省了相应的出处，我们必须借助《日下旧闻考》，才能更准确地了解鼓楼和钟楼的变迁与沿革。

元朝鼓楼名"齐政"

《宸垣识略》中对鼓楼的记载，开篇就有问题。"鼓楼在地安门北金台坊，旧名齐政楼，元建。"这句话显然把清朝的鼓楼与元朝的鼓楼混为一谈了。元朝建的鼓楼确实又名"齐政楼"，但此鼓楼并非彼鼓楼，清朝鼓楼的位置与元朝鼓楼并不相同。

据《日下旧闻考》卷五十四,《图经志书》中有"鼓楼在金台坊,旧名齐政"等记载。"图经"是指以图为主、图文并重或附有地图的地理志,又称图志、图记。"图经"是我国地方志发展过程中出现的一种编纂形式,历史非常悠久,东汉时便有《巴郡图经》,此后魏晋南北朝和隋唐时期,"图经"类文献逐步发展,蔚为大观,南朝齐王俭所编纂的图书目录《七志》中,就把"图谱"单列一类。这里的《图经志书》,指的应该是《(洪武)北平图经志书》,这部书编纂于明朝初年洪武时期,其中很多记载反映的是元朝或明初的情况。

元朝时,以齐政楼为鼓楼,这一点有不少史料可做凭证。例如《日下旧闻考》卷五十四引《析津志》,就曾反复谈及"齐政楼也,更鼓谯楼",齐政楼"上有壶漏鼓角,俯瞰城堭",是专门计时和报时的场所。《析津志》是一部元朝人记述元大都的专著。作者熊梦祥,字自得,号松云道人,江西丰城人,元末曾任大都路儒学提举、崇文监丞等职,因此有机会接触大量内府藏书,并在北京游历采访,编纂有关北京地区的史料,完成了《析津志》。为什么叫"析津志"呢?因为今天北京所在的地区,如果往前追溯的话,明清两朝叫"顺天府",元朝叫"大都路",金朝叫"大兴府",辽朝则叫"析津府"。对于元朝末年的熊梦祥来说,"析津"是北京的一个"古称",用它代指北京,显得十分古雅,所以这部专记北京地区历史地理的著作,就被命名为《析津志》。《析津志》对北京地区的沿革、边界、属县,以及城垣街市、朝堂庙宇、官署学校、桥梁河闸、名胜古迹、人物名宦、山川风物、物产矿藏、岁时风尚等,都有颇为翔实细腻的记载，是研究北京历史的珍贵史料。据说明朝初年尚流行于世，但明朝末年便仅见转引，原书或已亡佚。好在《永乐大典》和《日下旧闻考》中，还保留了一些从《析津志》中征引的文字，为我们了解这部书，以及元朝时北京的状况，保留了一扇窗口。后来又有北京图书馆（今国家图书馆）的前辈，集史籍之所存，编成《析津志辑佚》一书，更便后人阅读。

　　《宸垣识略》中对钟楼和鼓楼的介绍，有不少也转引自《析津志》。比如关于齐政楼的命名，"齐政者，《书》'璇玑玉衡，以齐七政'之义"，即出自《日下旧闻考》卷五十四征引《析津志》的条目。"齐政"二字取自《尚书·舜典》的"璇玑玉衡，以齐七政"。

清末民初的鼓楼

古人认为，北斗七星，"第一天枢，第二璇，第三玑，第四权，第五玉衡，第六开阳，第七摇光"，所以"璇、玑、玉衡"可以代表北斗七星。不过后世解经者一般将这个"璇玑玉衡"理解为观测星象的天文学仪器，比如汉朝《孔安国传》认为"玑衡，王者正天文之器，可运转者"，唐朝孔颖达疏则说："玑衡者，玑为转运，衡为横箫，运玑使动于下，以衡望之。是王者正天文之器。汉世以来谓之浑天仪者是也。"都是将"璇玑玉衡"视作各种测量天象的工具。

鼓楼的功能除了报时，更重要的是掌管计时，而古代计时与天文、历法学紧密相关，因此负责计时的"更鼓谯楼"就被命名为"齐政楼"。《宸垣识略》中转引《北平图经志书》云："（齐政楼）上置铜刻漏，制极精妙，故老相传以为先宋故物。其制为铜漏壶四：上曰天池，次曰平水，又次曰万分，下曰收水。中安铙神，设机械，时至则每刻击铙者八，以壶水漏（《日下旧闻考》作'满'）为度，涸则随时增添，冬则用温水云。"元朝时沿用宋朝的铜刻漏来计时，分为四层水壶，通过其中匀速流动的水来衡量时间的流逝，定时会有"铙神"通过机关击铙提示。齐政楼"上有壶漏鼓角，俯瞰城埂"，以"壶漏"计时，以"鼓角"报时，将权威的时间信息借由钟鼓的声音传遍全城。

大都中心闹市区

元朝的齐政楼，如今早已荡然无存了，但它的大致位置是可以推测出的。位置在哪儿呢？就在今天旧鼓楼大街南口，与鼓楼西大街相交的位置。根据《析津志》的记载，齐政楼"东，中心阁，大街东去即大都府治所；南，即海子桥、澄清闸；西，斜街过凤池坊；北，钟楼"。由此可知，与鼓楼配套的钟楼，就在齐政楼的正北不远处。《析津志》还记载，"（齐政）楼之正北乃钟楼也"，"钟楼，京师北省东、鼓楼北"，其遗址应该就在今天旧鼓楼大街上。

为什么要把鼓楼和钟楼建在这里呢?《析津志》也给出了答案：因为"此楼正居都城之中"，其东侧的中心阁和中心台，"实都中东南西北四方之中也"，是元大都的地理中心点。据《析津志》记载："中心台在中心阁十五步，其台方幅一亩，以墙缭绕。正南有石碑，刻曰中心之台。"《北平图经志书》甚至说"中心台敌楼一十二座，窝铺二百四十三座"，是一座非常雄伟的建筑，由此亦可见元大都这个"中心"的地位。

当时的元大都，南城墙在今天的长安街一带，北城墙则在今天的北土城一线，元大都城垣遗址公园中，仍保留着元大都北城土城墙及护城河的痕迹，"安贞门"和"健德门"这两个地名就来源于元大都的两座北城门。今天的马甸桥北，有"健德桥"一地，当为"健德门"旧址所在；而在马甸桥东有"安贞桥"一地，却非当初"安贞门"所在，安贞门旧址在北土城东路上，地铁安贞门站附近。

元朝齐政楼、中心阁相距不远，这个位置在清朝已接近北京城的北墙，而在元朝，却是整座大都城的南北中心。《日下旧闻考》卷三十八引《元一统志》记载："改号大都，迁居民以实之，建钟鼓楼于城中。"位于元大都地理中心的钟鼓楼，巍峨雄壮，气势恢宏。

《析津志》载："钟楼之制，雄敞高明，与鼓楼相望""阁四阿，檐三重，悬钟于上，声远愈闻之"。在城市中心建钟鼓楼，可以让报时的钟鼓声最大限度传播到各个角落。

钟鼓楼地处元大都的中心，又紧邻积水潭，因此形成了繁华的闹市。《宸垣识略》中"齐政楼，都城之丽谯也"一段对齐政楼周边商区的描写，完全转引自《析津志》，是元朝人记载的元朝景象。"丽谯"指华丽的高楼。钟楼和鼓楼不仅自身华美壮丽，而且"楼之东南转角街市，俱是针铺""楼之左右俱有果米饼面柴炭器用之属"，百货副食无所不有，其"西斜街临海子，率多歌台酒馆，有望湖亭，昔日皆贵官游赏之地"，是中轴线上又一个九流云集、繁荣热闹的商业区。

元朝夏庭芝的《青楼集》中还有过这样一段有趣的记载：

张怡云，能诗词，善谈笑，艺绝流辈，名重京师。赵松雪、商正叔、高房山皆为写《怡云图》以赠，诸名公题诗殆遍。姚牧庵、阎静轩每于其家小酌。一日，过钟楼街，遇史中丞，中丞下道笑而问曰："二先生所往，可容侍行否？"姚云："中丞上马。"史于是屏驺从，速其归携酒馔，因与造海子上之居。姚与阎呼曰："怡云今日有佳客，此乃中丞史公子也！我辈当为尔作主人。"张便取酒，先寿史，且歌"云间贵公子，玉骨秀横秋"《水调歌》一阕。史甚喜。有顷，酒馔至，史取银二定（锭）酬歌。席终，左右欲撤酒器，皆金玉者，史云："休将去，留待二先生来此受用。"其赏音有如此者。又尝佐贵

鼓楼大街周边的建筑群

人樽俎，姚、阎二公在焉，姚偶言"暮秋时"三字，阎曰："怡云
续而歌之。"张应声作《小妇孩儿》，且歌且续曰："暮秋时，菊残
犹有傲霜枝，风西了却黄花事。"贵人曰："且止。"遂不成章。张
之才亦敏矣。

当时一位"名重京师"的歌女张怡云，就居住在"海子上"，也
就是今天什刹海附近。这位女子才思敏捷，特别能看人眉眼高低，

清末的地安门外大街

清末民初的地安门

曲意逢迎，因此引得京城名流纷纷踏访，像赵孟頫、高克恭这样的名家圣手都纷纷为其画像，姚燧、阎复等名流显宦甚至常常到她家小酌畅饮，以至于在"钟楼街"偶遇同道。钟鼓楼附近的喧嚣繁闹、百家荟萃，由此也可见一斑。

明清钟鼓响北城

《北平图经志书》是明朝洪武年间的文献，当时"鼓楼在金台坊，旧名齐政"。到了永乐皇帝朱棣登基，"北平"改为了"北京"，成为全国首都。北京城也经历了一番彻底的改造，鼓楼和钟楼都是永乐十八年（1420）重新修建的。据《日下旧闻考》考证，新楼的位置也发生了变化，不在齐政楼了，而在元朝中心阁的位置，其卷四十六明确指出："今钟鼓楼地为元之中心阁。"当然，齐政楼与中心阁原本相距不远，元、明两代也都属于金台坊。只不过随着北京城格局的变化，原本位于城市中心的钟鼓楼反而偏居北城，成为北京中轴线最北端的标志物。

不仅位置稍作偏移，而且明清鼓楼和钟楼里的计时、报时设施，也与元朝有很大差异。例如原先鼓楼里的铜壶刻漏，后来已难觅踪迹。《日下旧闻考》卷五十四按语云："今鼓楼不用铜壶等物，惟以时辰香定更次，鼓则銮仪卫派旗鼓手专司，香则钦天监所掌。漏壶室今犹存，铜刻漏无考。"不过鼓楼里的"铜刻漏无考"，改为用"时辰香"计时，并不意味着铜壶刻漏这种计时方法在明清两代消失。据明朝的宦官刘若愚《酌中志》卷十七记载，紫禁城内文华殿的后面有一座"刻漏房"，内有铜壶滴漏，"凡八刻水则交一时，直殿监官抱时辰牌，赴乾清门里换之"，作为紫禁城内的计时工具。时辰牌"长尺余，石青地，金字某时"，宫里的宦官如果遇到时辰牌，"路遇者必侧立让行，坐者起立，盖敬天时之义"。清朝时，乾清宫与坤宁宫之间的交泰殿，正中宝座的左侧也摆放了一座铜壶刻漏。乾隆皇帝还作过一篇《刻漏铭》，说铜壶刻漏"器与道偕，是验是度"，符合天地和谐之道，不仅"协其高卑，别以方圆"，而且"业业兢兢，俯察仰观"，相较而言，他认为西洋流入的自鸣钟是"淫巧徒传"，显得过于花哨。钟楼的铜钟，也是永乐年间铸造的。

永乐十八年（1420）修建的鼓楼和钟楼，后来经历过几次火灾，不得不在原址重修。乾隆十二年（1747），重修钟楼的工程竣工，乾隆皇帝写了一篇《重建钟楼碑记》，专门赞扬了北京钟楼的价值。这篇文章先说明了钟楼的重要位置及火灾后被废弃的情况，然后强调了钟楼为京城内外报时的重要性，接着简述了重建的规模及意义，最后以四言铭文的形式，对钟楼进行了歌颂。我们就用这篇碑记，来给北京中轴线的终点——钟楼做一收尾，也为整条中轴线的读文之旅做一收尾：

皇城地安门之北，有飞檐杰阁翼如焕如者，为鼓楼。楼稍北，崇基并峙者，为钟楼。其来旧矣。而钟楼亟毁于火，遂废弗葺治。朕惟神京陆海，地大物博，通阛别隧，黎庶阜殷。夫物庞则识纷，非有器齐壹之，无以示晨昏之节。器巨则用广，非藉楼表式之，无以肃远近之观。且二楼相望，为紫禁后护。当五夜严更，九衢启曙，景钟发声，与宫壶之刻漏，周庐之铃柝，疾徐相应。清宵气肃，轻

清末民初的地安门和鼓楼

飙远扬，都城内外十有余里，莫不耸听。仿挈壶鸡人之遗制，宵衣待漏，均有警焉。爰饬所司，重加经度。基仍旧址，构用新制。凡柱桅榱题之用，悉甃以砖石，俾规制与鼓楼相称。经始于乾隆十年，阅二年工竣。所司请纪之石以式于后。夫春秋之义，兴作必书。矧兹楼之成，昭物轨，定众志，体国诚民，著在令典，修而举之，以重其事，弗可以已也。乃为之铭曰：

兔氏赋形，鼓荡元音。体乾作则，为圆为金。式镂九乳，徼壹众心。启闭出入，罔敢不钦。京邑翼翼，四方之极。洪钟万钧，司寤所职。铿以立号，协于箭刻。巍楼高絙，乘风夛崷。昔罹郁攸，久废不修。咨彼工师，审揆其由。木母火子，长风飔飂。鼓之则炽，匪藉人谋。聿规新制，甀埴比次。巧斸山骨，输我匠契。尺木不阶，屹然巨丽。拔地切云，穹窿四际。炭巤峥嵘，金觚绣甍。鸟革翚飞，震耀华鲸。不窕不槬，桐鱼应声。偕是雷鼓，镗鞳砰訇。宣养九德，振肃庶类。作息以时，品物咸遂。以器节时，以时出治。宵旰攸资，亦宣堙滞。声与政通，硕大庞洪。正宫堂皇，元气昭融。导和利用，警听达聪。亿万斯年，扬我仁风。

中华民族的光辉未来，正如北京这座城市的"新中轴线"一样，将不断延展下去。皇城的围墙多已拆除，禁垣的大门早已开启，北京中轴线的文化遗产，是全体中国人民的骄傲，更是全世界的宝贵财富！

古风寻迹之旅

手绘 吴昊

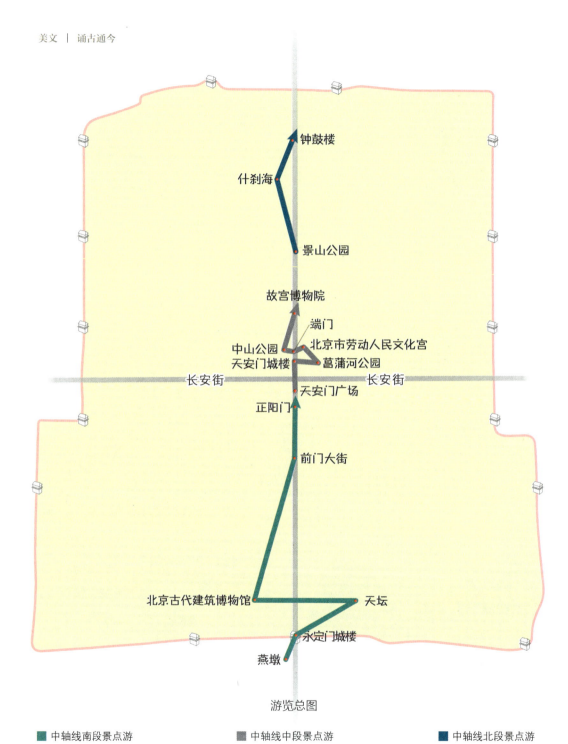

游览总图

■ 中轴线南段景点游　　　■ 中轴线中段景点游　　　■ 中轴线北段景点游

注：景点介绍依据其所在地理位置摆放，大致与手绘街区地图匹配。受篇幅所限，手绘图与推荐游览顺序存在不一致的情况，请参照序号对应推荐游览顺序。此外，景点可能基于修缮、布展、改扩建等原因短期闭馆，建议读者提前查阅最新信息，再前往参观。

一、中轴线南段景点游

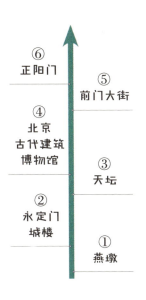

⑥
正阳门

⑤
前门大街

④
北京
古代建筑
博物馆

③
天坛

②
永定门
城楼

①
燕墩

②

永定门城楼

地址：东城区永定门内大街南端

简介：永定门城楼始建于明嘉靖三十二年（1553），嘉靖四十三年（1564）补建瓮城，清乾隆十五年（1750）增建箭楼并重修瓮城。永定门是北京外城七门中最为高大的一座城门，寓意皇都永远安定，系北京中轴线南端的重要标志性建筑。20世纪50年代，为改善交通，永定门瓮城、箭楼和城楼先后被拆除。2005年，永定门城楼在原址复建，现辟有永定门公园。

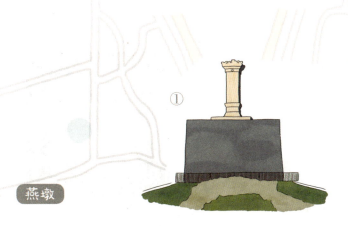

①

燕墩

地址：东城区永定门外燕墩公园内

简介：据传，燕墩在元明时期叫"烟墩"，为北京"五镇"之一的"南方之镇"，用以祈求皇图永固。墩台高九米，中央有方形台基座，上立通高八米的乾隆御制碑。碑首雕四角方形攒尖顶，四条垂脊各为一龙，碑身镌刻乾隆十八年（1753）清高宗弘历亲撰的《皇都篇》和《帝都篇》。束腰须弥座上精雕二十四尊水神，形态各异，栩栩如生。燕墩是北京市文物保护单位，现建有燕墩公园。

⑥

正阳门

地址：天安门广场南端，前门大街北侧

简介：正阳门，俗称前门，是内城九门中建筑规模最大的一座城门。永乐年间将元大都城垣南移时，丽正门也向南移建，于永乐十九年（1421）竣工，仍沿用元代旧称。明正统四年（1439）重建城楼，为加强防御，增修箭楼、瓮城、东西闸楼，更名为正阳门。八国联军入侵北京时，正阳门城楼、箭楼被毁，清光绪三十二年（1906）得以修复。民国四年（1915），在朱启钤的主持下拆除瓮城和东西闸楼。正阳门是全国重点文物保护单位，城楼上设有正阳门历史文化展。

 每年春夏时节，在这里可以看到唯一被冠以"北京"名字的鸟——"北京雨燕"。

④

北京古代建筑博物馆（先农坛）

地址：西城区东经路 21 号

简介：先农坛是明清两代帝王祭祀先农、山川、神祇、太岁诸神的地方，始建于明永乐十八年（1420），初名山川坛。先农坛于嘉靖年间建于山川坛内，至清统称此地为先农坛。现存主要建筑有太岁殿、先农坛、观耕台、庆成宫等。明清时，每年开春皇帝会亲领文武百官于先农坛祭先农神，到观耕台以东的亲耕田躬耕。先农坛是中国古代祭祀等级最高、规模最大，也是保存最完整的祭祀农神之所，为全国重点文物保护单位，现建有北京古代建筑博物馆。

 需提前一至七天在微信公众号"北京古代建筑博物馆"上预约购票，每周三前二百人免费。

⑤

前门大街

地址：南起天桥路口，北至正阳门

简介：前门大街原是明清帝王赴天坛的"天街"御路，自明代以来就是北京最著名的商业街。作为展示老北京风貌的重要画卷，前门大街与鲜鱼口、打磨厂、大栅栏、西河沿等著名商街相连，老字号都一处、壹条龙、全聚德、东来顺、月盛斋、长春堂药店、盛锡福、大北照相馆等店铺林立，风格各异，是中外游客逛街购物、享用美食的好去处。

③

天坛

地址：东城区天坛东里甲1号

简介：天坛是明清两代皇帝祭天祈谷之地，系世界上现存最大的祭天建筑群。天坛分为内外两坛，坛墙北圆南方，象征"天圆地方"。内坛由圜丘、祈谷坛两部分组成；外坛为林区，广植树木。圜丘位于内坛南部，建于明嘉靖九年（1530），清乾隆十四年（1749）扩建，皇帝每年冬至日在此举行祭天大典。祈谷坛位于内坛北部，正中建筑为祈年殿，建于明永乐十八年（1420），历经嘉靖改建，乾隆整修，光绪十五年（1889）毁于雷火，七年后得以重修。天坛主要建筑还有皇穹宇、斋宫、神乐署、牺牲所等。天坛是全国重点文物保护单位，1998年被联合国教科文组织列入《世界遗产名录》。

📢 需提前一至七天在微信公众号"畅游公园"或"天坛"上预约购票，可选择购买门票或联票，联票含祈年殿、圜丘、回音壁等景点门票。

二、中轴线中段景点游

⑦
故宫
博物院

⑥
中山公园

⑤
端门

④
北京市
劳动人民
文化宫

③
菖蒲河
公园

②
天安门
城楼

①
天安门
广场

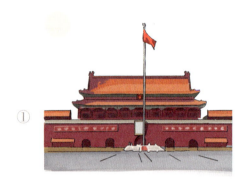

①

天安门广场

地址：东城区东长安街

简介：天安门广场北起天安门，南至正阳门，东起中国国家博物馆，西至人民大会堂，是世界上最大的城市广场。明清时期，现毛主席纪念堂的位置有一座大明门（清改称大清门），门以北为"T"形宫廷广场——千步廊，庶民严禁入内；门以南为棋盘街，似一座平民广场。新中国成立之后，对其进行了改造，形成一座以人民英雄纪念碑为中心的人民广场。整个广场气势磅礴、布局严谨，既传承了北京中轴线深邃的文化内涵，又体现出了中国人民意气风发的精神面貌。

需携带身份证件进入天安门广场，按顺序安检。

② **天安门城楼**

地址：东城区东长安街天安门广场北侧

简介：天安门原为明清两代皇城的南门，始建于明永乐十五年（1417），初名"承天门"，寓意"承天启运，受命于天"。清顺治八年（1651），取"受命于天，安邦治国"之意，改名天安门。这座重檐歇山顶的城门设有券门五阙，历朝帝王登极、迎纳皇后等重大庆典时，在此举行颁诏仪式。中华人民共和国成立后，天安门成为伟大祖国的象征。

③ **菖蒲河公园**

地址：天安门以东，南皇城墙北侧

简介：菖蒲河，系明清皇城中外金水河的东段，因河中生长菖蒲而得名。河上复建有牛郎桥，与西苑的织女桥（已拆，未复建）遥相呼应，象征银河两岸的牛郎星和织女星。菖蒲河公园建于2002年，绿化建设与复建古迹相结合，营造出"红墙怀古""菖蒲逢春""天光云影"等景点。公园的夜景照明突出红墙、河道和绿树倒影，让人耳目一新。

⑦

故宫博物院（紫禁城）

地址： 东城区景山前街 4 号

简介： 故宫位于北京中轴线的中心，旧称紫禁城，明永乐十八年（1420）建成，是明清两代的皇家宫殿。整个建筑群金碧辉煌，庄严绚丽。中轴线上有三大殿、后三宫，东西对称的有文华殿与武英殿、协和门与熙和门、景运门与隆宗门等，布局严谨有序；城外有宽五十二米的护城河。故宫博物院是中国现存最大、最完整的古建筑群，1987 年被联合国教科文组织列入《世界遗产名录》。

　　需提前一至十天在"故宫博物院"官网或微信公众号"故宫观众服务"上预约购票。带好身份证件，从午门（南门）安检后进入故宫。

⑥

中山公园（社稷坛）

地址： 东城区西长安街天安门西侧

简介： 社稷坛是明清帝王分别在农历二月、八月祭祀"土神"和"谷神"的场所，始建于明永乐十八年，与太庙相对。民国三年（1914），社稷坛辟为中央公园向社会开放。民国十七年（1928）改名中山公园。园内有辽柏、社稷祭坛（五色土）、中山堂、保卫和平坊、兰亭碑亭、唐花坞等景观。中山公园现为全国重点文物保护单位。

　　需提前一至七天在微信公众号"畅游公园"上预约购票，有东、西、南三个门可进入。

④

北京市劳动人民文化宫（太庙）

地址： 东城区东长安街天安门东侧

简介： 太庙是明清帝王祭祖的宗庙建筑，始建于明永乐十八年（1420），与社稷坛相对。明清两代皇帝祭祖，要通过太庙街门，在太庙外墙南门外下辇，然后从戟门的左门进入太庙，在前殿即享殿向祖先的牌位上香、叩拜。仪式结束后，牌位移回后殿收藏供奉。1950年，太庙改为北京市劳动人民文化宫，现为全国重点文物保护单位。

可从东、西、南三个门进入太庙。

端门

地址： 东城区天安门城楼与故宫之间

⑤

简介： 端门始建于明永乐十八年，整个建筑结构和风格与天安门相同。明清两代，端门城楼主要用于存储皇帝出行所需的仪仗等器物。端门内的御道两侧共有朝房一百间，是吏、户、礼、兵、刑、工六科的办事机构所在地。阙左右门以北朝房是王公、文武官员集会和候朝之所。端门城楼建有数字展厅，可预约免费参观。

三、中轴线北段景点游

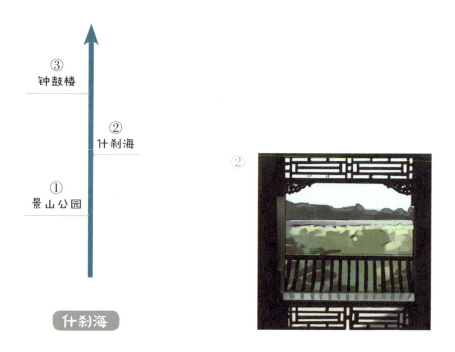

③
钟鼓楼

②
什刹海

①
景山公园

什刹海

地址：西城区前海西街

简介：什刹海包括前海、后海和西海（又称积水潭）三个水域及临近地区，俗称"外三海"。什刹海也写作"十刹海"，因四周原有广化寺、护国寺等十座佛寺得名，是北京颇具特色的历史文化保护区。周边著名景点有恭王府、醇王府、宋庆龄同志故居、郭沫若纪念馆、银锭桥、鸦儿胡同、白米斜街、烟袋斜街、钟鼓楼、德胜门箭楼、广化寺、会贤堂等。

钟鼓楼

地址：东城区地安门外大街北端

简介：钟鼓楼是坐落在北京中轴线北端的一组古代建筑，始建于明永乐十八年（1420），为古代城市的报时台。钟楼在鼓楼北一百米左右，两楼前后纵置，巍峨壮观。在城市钟鼓楼的建置史上，北京钟鼓楼规模最大，形制最高，是古都北京的标志性建筑，现为全国重点文物保护单位。钟鼓楼及周边的胡同、院落，作为古都风貌的重要组成部分，具有独特的历史文化价值。

 鼓楼每天有击鼓表演，上午和下午各有三至四场，每场间隔约一小时。参观完钟鼓楼后，可以顺便逛逛旁边的烟袋斜街，去什刹海尝尝北京特色小吃。

景山公园（万岁山）

地址：西城区景山西街 44 号

简介：景山公园南与故宫神武门隔街相望，是明清两代的御苑，也是明清北京城的制高点。明永乐年间，在营建城池、宫殿、园林之时，将挖掘自紫禁城筒子河和太液池的泥土堆积成山，称"万岁山"。清顺治十二年（1655），改名景山。乾隆十五年（1750），依山峰兴建五亭。现园内有绮望楼、五方亭、寿皇殿古建筑群等景点。景山是全国重点文物保护单位。

需提前一至七天在微信公众号"畅游公园"上预约购票。景山公园有东、南、西三个门可进入。